ENFIN RÉUNIS

Par respect pour la vie des personnes évoquées dans ce livre, la plupart de leurs noms ont été modifiés.

118, avenue Achille-Peretti – CS 70024
92521 Neuilly-sur-Seine Cedex

www.michel-lafon.com

Maude Versini

ENFIN RÉUNIS

Michel LAFON

Pour mes enfants,
Sofia, Adrian, Alexi, Tara et Laura

– 1 –

L'ENLÈVEMENT

Premier janvier 2012

Sofia et Adrian, mes jumeaux âgés de sept ans, et Alexi, mon cadet, six ans, ont passé les vacances de Noël au Mexique avec leur père. Je me prépare à aller les chercher à l'aéroport dans l'après-midi quand le téléphone sonne : c'est Arturo, mon ex-mari. D'une voix qui me paraît curieusement froide, comme vidée de sa substance, il prononce quelques mots que j'ai peine à comprendre.

– Les enfants ne reviendront pas.

J'appuie le téléphone contre mon oreille et intime à Tara, ma plus jeune fille, l'ordre de faire moins de bruit.

– Allô ? Arturo ? Qu'est-ce que tu dis ? Répète.
– Les enfants ne reviendront pas.

La même chose, d'un ton très calme. J'essaie d'assimiler l'information, mais mon cerveau est comme engourdi. Je rassemble péniblement mes pensées et essaie de procéder méthodiquement.

– Que veux-tu dire ? Les enfants ne sont pas dans l'avion ?

– Je vais les garder ici, avec moi. Tu vas recevoir des documents, tous les papiers sont prêts.

– Mais comment ? Pourquoi ?

– Désormais, c'est moi qui en ai la garde provisoire.

Je n'y comprends rien. Comment peut-il avoir la garde des enfants ?

– Qu'est-ce que tu racontes ? C'est de la folie. Passe-moi les enfants !

– Ils ne veulent pas te parler.

Je balbutie, je ne trouve pas mes mots. Ma tête est vide.

– Mais qu'est-ce que c'est que cette histoire ? Passe-moi les enfants, Arturo !

– Au revoir, Maude.

La panique m'envahit si brutalement que j'en lâche presque le téléphone. Je me mets à crier :

– Arturo, tu es devenu fou ? Ne raccroche pas !

Derrière moi, Tara s'est figée. Philippe, mon mari, sort de la chambre. Je ne les vois pas.

Je hurle :

– Arturo ? Arturo ? Ne fais pas ça ! Je t'en prie ! Ne me prends pas les enfants !

Il a raccroché, mais j'appuie encore le téléphone contre mon oreille et je répète son nom dans le vide.

– Arturo ? Arturo ?

Je presse mon front brûlant contre la vitre. Dehors, le bois de Boulogne est désert et les arbres sans feuilles tordent leurs bras vers le ciel. C'est le premier jour de la nouvelle année et mes enfants ne reviendront pas.

*

*   *

Tout s'était mal goupillé pour le départ en vacances. Depuis notre divorce, les enfants passent Noël avec leur père au Mexique. Ce sont les conditions fixées par le tribunal : j'en ai la garde et leur domicile est fixé chez moi, en France. Ils rejoignent leur père pour quatre semaines l'été, plus deux semaines à la Toussaint, à Noël et à Pâques. Souvent, Arturo renonce à les prendre à la Toussaint, arguant que c'est trop compliqué à organiser. Mais pour les congés de fin d'année, je n'ai pas passé un seul Noël avec eux depuis quatre ans. C'est pourquoi je donne toujours un dîner de pré-réveillon à la maison la veille de leur départ, et cette année ne déroge pas à la règle. Je fais venir un Père Noël pour la plus grande joie des petits, mes parents, mon frère et mes sœurs nous rejoignent autour d'une grande tablée animée, tous sur leur trente et un. Afin de pouvoir profiter au maximum de Noël, ma fête préférée depuis l'enfance, avec mes petits au complet, je commence très tôt les préparatifs : nous illuminons tout l'appartement et nous décorons le sapin très tôt. Dès la fin du mois de novembre, il trône dans le salon. Cette année, il était blanc et tout entier décoré de boules argentées.

Ensuite, nous partons avec Tara, Philippe et moi, vers d'exotiques et lointaines destinations. Or cette année notre départ était fixé au 15 décembre, quand les enfants ne partaient que le 17. J'avais donc demandé à Olivia, la marraine de Tara, de bien vouloir passer deux jours à la maison. Dans la journée, en plus des deux nounous qui vivent avec nous en permanence et qui devaient rentrer chez elles au Mexique, accompagnant les enfants dans leur voyage, il y avait aussi ma mère, ravie de venir veiller sur ses petits-enfants. Tout devait bien se passer.

Pourtant, le jour de mon départ, Adrian s'était cramponné à moi avec une angoisse déchirante. Il m'étreignait si violemment que je ne parvenais pas à détacher ses bras, et il pleurait à gros sanglots incontrôlables. Rapidement gagnée par l'émotion de son jumeau, Sofia avait fondu en larmes à son tour, suivie de près par Alexi, terriblement impressionné par les pleurs de ses deux aînés.

Alexi est un petit garçon fragile. Il souffre d'autisme, un handicap lourd que nous avons détecté peu après le divorce. Il avait alors deux ans et demi et ne prononçait pas un mot. Depuis toujours, cet enfant à fleur de peau a de grandes difficultés à gérer ses émotions et, d'habitude, c'est lui qui supporte mal les séparations. Tous les ans, arrivé à l'aéroport, il se cramponne à moi et il pleure, me suppliant de le garder, sous le regard embarrassé de ses deux aînés. Je sais bien qu'il n'est pas malheureux chez son père, même si lui et les jumeaux le voient peu, car la retraite n'a pas rimé pour cet homme ambitieux avec une diminution de l'activité. Lorsqu'ils sont au Mexique, tous trois passent l'essentiel de leur temps confiés à des nounous, à des domestiques et à des chauffeurs, mais ils sont bien traités, comme des rois, même, ainsi qu'on élève là-bas les enfants dans ces milieux aisés. Alors chaque année je me fais violence, je refoule mes larmes, je tente de raisonner Alexi et je le pousse vers l'avion.

Mais cette fois, ils étaient tous les trois inconsolables. Philippe et Tara étaient déjà dans le taxi que j'étais encore dans l'appartement, à genoux dans l'entrée, mes trois aînés défigurés par l'angoisse, ma petite famille désolée, pendant que le chauffeur s'impatientait, que tout le monde s'énervait, et on se serrait, je serrais mes enfants fébrilement, essayant de les rassurer, d'arrêter leurs pleurs.

Pour les convaincre de me laisser partir, je leur avais proposé des photos que j'avais immédiatement décrochées de la porte du frigo, qui en est couverte. Une à chacun, puis sur un dernier baiser j'étais partie. J'ignorais bien sûr que je ne devais pas les revoir avant trois ans.

Cette année-là, nous sommes partis aux Maldives, une merveilleuse destination. Alors que nous paressions sur des plages incomparables, regardant Tara faire couler le sable blanc entre ses petites mains, ou quand nous nagions dans l'eau transparente des lagons, je pensais à mes trois grands qui me manquaient tant. Je me promettais que la prochaine fois ils seraient là avec nous. Je leur ferais connaître ce paradis, nous y retournerions au complet, en famille. Je pensais beaucoup à eux car je n'arrivais pas à les joindre. Le téléphone d'Arturo ne répondait pas, ni celui de sa résidence. Je me promettais d'avoir une bonne discussion avec Arturo à leur retour, car le temps me paraissait long sans eux. Peut-être devrions-nous instaurer des rendez-vous téléphoniques fixes lors des prochaines vacances ?

La seule fois que je les avais eus en ligne, je leur avais trouvé l'air contents, bien qu'un peu réservés.

– Papa nous a acheté des chiens, m'avait appris Adrian.

Des chiens ? Cela m'avait étonnée. J'espérais qu'Arturo ne comptait pas me les renvoyer, nous étions déjà bien assez nombreux à la maison. Mais je n'avais rien laissé paraître à mon fils, car j'essayais toujours de ne pas critiquer les décisions de leur père devant mes enfants. Nous avions parlé d'autre chose.

J'y avais pourtant repensé après avoir raccroché. On n'achète pas de chiens pour des enfants qui ne vivent pas là… Quelle idée !

Ces chiens reviendraient me hanter, plus tard, durant mes nuits d'insomnie ; c'était un signe qui aurait dû m'alarmer. Mais j'étais heureuse, j'avais confiance. Je n'ai pas vu.

*

* *

J'essaie de rappeler Arturo, mais je tombe directement sur sa messagerie.

– Que se passe-t-il ? me demande Philippe, inquiet.

Je le mets rapidement au courant de la situation : Arturo veut garder les enfants, il ne les a pas mis dans l'avion. Je suis sous le choc, mais Philippe garde l'esprit clair et réagit très vite. Il contacte immédiatement un de ses amis, Jérémy Redler, conseiller du ministre au Quai d'Orsay, qui se précipite chez nous, suivi de près par une de mes amies d'enfance, Aurélie Kahn.

– Il faut qu'on se fasse conseiller, me dit Philippe.

J'appelle aussitôt l'avocat qui s'est chargé de mon divorce, et lui expose la situation. Il accepte de s'occuper de mon cas et vient nous rejoindre à la maison en ce premier jour de l'enlèvement. Mais ce sera la seule fois, durant les dix-huit mois qui suivent, qu'il se déplacera en personne. Ne pas choisir un spécialiste de ces questions extrêmement complexes a été la première de la longue série d'erreurs que j'ai commises, car il y a loin entre un divorce et un enlèvement international. Cet avocat connaît mal les démarches à entreprendre, il ne saura pas développer de stratégie politique ou médiatique et le temps filera, irrattrapable.

Un QG de crise s'organise dans le salon, en ce 1er janvier qui a des airs de gueule de bois. Sur les conseils de Jérémy et de notre avocat, nous commençons à remplir un dossier pour enlèvement international par un parent. Le Mexique étant signataire de la convention internationale de La Haye, il nous faut déposer ce dossier au bureau d'entraide de l'autorité centrale chargée de la mise en œuvre des conventions. Nous passons une partie de la nuit à réunir les pièces administratives nécessaires : reçus des billets d'avion aller et retour, photocopie du livret de famille, des certificats de scolarité, du jugement de divorce, papiers d'identité, photographies récentes, récit détaillé des faits... toute la paperasse administrative d'une vie à réunir dans l'urgence. En même temps, je presse inlassablement le nom d'Arturo sur mon téléphone, dans l'espoir qu'il réponde. Je n'arrive pas encore à y croire vraiment.

Mon humeur est instable. En ce premier jour, j'oscille entre l'abattement – des crises de larmes me terrassent à plusieurs reprises, moi qui ne pleure jamais – et un optimisme indéboulonnable. Cet optimisme va me tenir au corps pendant des mois, me servir de colonne vertébrale ; c'est grâce à lui que je ne suis pas devenue folle. Tout ça est absurde, voilà ce que je me dis et me répète. Arturo va se calmer, revenir à la raison. Tout ira bien. C'est un coup de sang, comme il en a déjà eu, il va reprendre ses esprits comme la dernière fois.

Car ce n'est pas la première fois qu'Arturo Montiel enlève nos enfants.

– 2 –

ACTE I

En juin 2007, nous étions en instance de divorce et je m'étais déjà réinstallée en France, mais les relations entre Arturo et moi étaient bonnes. Avant même que ce soit fixé par le jugement de divorce, nous étions convenus que je garderais les enfants avec moi, à Paris, loin de l'agitation médiatique qui régnait autour de lui au Mexique depuis qu'il avait dû renoncer à la course à la présidentielle en raison de graves accusations de corruption portées par son adversaire, Roberto Madrazo – mais j'y reviendrai. Il prenait donc les enfants durant une partie des congés scolaires. J'ai toujours voulu qu'ils aient un lien aussi profond que possible avec leur père, un homme pour qui j'avais, depuis le jour de notre rencontre, une très grande admiration dont mes épreuves n'étaient pas encore venues à bout.

Au début de l'été 2007, Arturo me proposa d'emmener les enfants une dizaine de jours en Espagne. Les jumeaux avaient trois ans, Alexi, un an et demi. Ils partaient avec leur nounou, une jeune femme que j'avais engagée à Paris.

Six jours après leur départ, je reçus un appel qui me glaça le sang. La jeune nounou des enfants, terrifiée et confuse, me raconta entre deux sanglots qu'elle venait de se réveiller seule dans la maison vide, avec sur sa table de nuit un billet d'avion pour Paris et 100 euros. Elle pensait avoir été droguée. Les enfants s'étaient volatilisés. Les placards étaient vides. Il n'y avait plus rien ni personne nulle part.

Stupéfiée, j'essayai de joindre Arturo, sans résultat. Ils s'étaient envolés pour le Mexique. Car Arturo, s'il m'avait laissée partir sans se battre, n'avait jamais caché qu'il souhaitait me récupérer. Jaloux et possessif, il tentait l'épreuve de force pour faire pression sur moi.

Immédiatement, je montai un premier dossier pour enlèvement d'enfants, et le bureau d'entraide adressa une convocation à Arturo. Au bout d'un mois d'angoisse interminable, il m'appela, penaud, pour me demander pardon. Il parla d'un coup de chaud, me dit sa douleur de notre séparation et me supplia de ne pas lui en vouloir. On ne devient pas le deuxième homme du Mexique sans quelques qualités oratoires, et la plaidoirie de mon ex-mari finit par me toucher. J'acceptai de ne pas porter plainte. Je voulais que tout aille bien, je voulais réussir notre séparation. Alors je pardonnai. J'oubliai.

Le 31 juillet, un mois après leur départ, les enfants étaient de retour accompagnés de deux nounous qu'Arturo me priait de bien vouloir garder avec nous. Il souhaitait, me dit-il, que nos enfants grandissent dans la langue et la culture mexicaines. Je le voulais aussi, pensant qu'il était important qu'ils conservent un lien aussi fort que possible avec leur pays de naissance. J'acceptai d'engager et de loger à la maison ces deux jeunes femmes originaires de l'État de Mexico, comme Arturo. Selon l'accord qu'il me proposait, il assurerait leur salaire qui serait défalqué de ma pension. Il était prévu qu'elles restent avec nous un an et demi, à la suite de quoi elles seraient remplacées par deux nouvelles jeunes filles. Bientôt, Gabriella et Rosanna firent partie de la famille. Elles étaient douces et gaies, aux petits soins pour les petits.

*

* *

Le souvenir de ce premier enlèvement, qui devrait m'alarmer, me rassure au contraire. Je dis et répète à Philippe et à notre ami Jérémy que, puisque la première fois Arturo est revenu à la raison, il n'en ira pas différemment aujourd'hui. Mais je me rends compte que je ne les convaincs pas. Philippe pense que le premier enlèvement n'était qu'un coup d'essai, et avec Jérémy et Aurélie ils me renvoient des regards soucieux, même s'ils n'osent pas encore me contredire.

Pour l'instant, notre petite cellule de crise se met au travail, en ordre de marche. Le dossier est armé en vingt-quatre heures et expédié au bureau d'entraide.

Les jours s'écoulent dans un brouillard de stupéfaction. Je ne dors plus. Je ne mange plus. Dix fois, cent fois par jour, j'appelle Arturo dans l'espoir qu'il répondra, qu'il entendra raison, qu'il me demandera pardon et qu'il mettra les enfants dans l'avion, comme la dernière fois. Mais il ne décroche pas. Le silence seul répond à mes appels. Je ne comprends pas.

Philippe fait jouer ses relations pour essayer d'obtenir l'aide de gens influents, des membres du gouvernement ou de personnalités médiatiques. Je n'arrive pas à parler de ce qui arrive sans m'effondrer, alors il parle à ma place.

Trois semaines passent dans un silence insoutenable, dans l'impuissance, dans le désespoir. Puis un matin – c'est le vingt-deuxième jour d'absence des enfants – je reçois par coursier une épaisse enveloppe. Le timbre, au dos, porte le nom du cabinet d'avocats d'Arturo à Paris. Fébrile, je l'ouvre. Mais après avoir rapidement parcouru les documents, je pousse un cri et les laisse échapper. Le contenu de l'enveloppe se répand sur le sol de notre entrée. Philippe vient me rejoindre, effrayé par mon cri. Je le dévisage, hébétée.

– Nous sommes accusés de mauvais traitements sur les enfants. C'est comme ça qu'il s'est fait attribuer la garde. Comment a-t-il osé ?

Je tremble comme une feuille.

Philippe appelle notre avocat et lui fait porter les documents. Après en avoir pris connaissance, ce dernier nous explique qu'il s'agit d'une notification de jugement, mais qu'elle est incomplète. Un certain nombre de pièces essentielles manquent.

– Lorsqu'on est mal signifié, légalement, c'est comme si on n'était pas signifié du tout, se réjouit l'avocat.

– Ne faisons rien, c'est à eux de réunir la procédure complète. Mais maintenant, on connaît leur stratégie, plaider les mauvais traitements.

J'ai la nausée à l'idée d'être ainsi mise en cause, mais j'ai appris depuis à quel point c'était classique. Dans quatre-vingts pour cent des cas d'enlèvements parentaux, le parent kidnappeur accuse l'autre de mauvais traitements.

Cette claque me réveille. Je suis tellement en colère qu'Arturo me calomnie, qu'il utilise cette arme – alors qu'il sait bien que je suis une bonne mère, que je ferais tout pour mes enfants, que je me dévoue totalement à eux depuis que j'ai arrêté de travailler pour pouvoir m'occuper au mieux d'Alexi – que je retrouve toute mon énergie. Philippe et moi décidons de prendre les devants et de commencer à rassembler des attestations en notre faveur. Nous contactons des proches ou des professionnels de la santé qui nous connaissent. Nous frappons à toutes les portes. En raison de ses difficultés, Alexi est suivi par de nombreux spécialistes : pédopsychiatre, orthophoniste, psychomotricien... Je les appelle tous et leur demande des attestations – que j'obtiens difficilement, à ma grande surprise. Certains refusent par principe d'intervenir, ne voulant pas se mêler d'une affaire privée dont ils ne connaissent pas tous les détails. « Mais vous pouvez au moins préciser que vous le suiviez, qu'il avait des séances régulières, qu'il y était présent, à l'heure et accompagné. » Les thérapeutes s'exécutent de mauvaise grâce. Philippe, de son côté, contacte l'école des enfants, fait jouer son carnet d'adresses. Il est très remonté contre Arturo, très malheureux pour moi aussi. Mon amie de toujours, Alexandra, fait le tour de nos intimes pour demander à chacun de ceux qui nous connaissent de nous décrire en tant que famille, de raconter nos vacances, nos week-ends ensemble. C'est un processus très éprouvant car je dois pour la première fois parler de mon passé. Beaucoup de gens de notre entourage ignorent tout de ma vie d'avant. Ils nous voient comme une simple famille recomposée et n'ont jamais posé plus de questions. À présent, il faut parler, raconter, s'exposer, tout ce que j'avais voulu éviter lorsque je me suis réinstallée en France. C'est la première étape d'une longue mise à nu à laquelle j'ai été contrainte, à laquelle nous avons tous été contraints. Mais pour revoir mes enfants, je suis prête à nous imposer cette violence. Je raconterai qui est Arturo Montiel, leur père.

– 3 –

Arturo Montiel

Je me souviens si nettement de la première fois que je l'ai vu. Arturo Montiel, le tout nouveau gouverneur de l'État de Mexico, avait accepté de me recevoir pour une interview. À l'époque, j'étais journaliste pour une agence de communication spécialisée dans l'économie et le tourisme. Avec une équipe, nous réalisions des sujets clés en main qui étaient ensuite vendus à des journaux prestigieux comme *Le Monde*, *Paris Match*, le *Sunday Telegraph*, le *New York Times*... Je m'étais installée pour un temps au Mexique où je venais de réaliser un gros dossier intitulé « Le Mexique, pays aux mille visages » pour un supplément touristique de *Paris Match*. Ce travail, salué par les professionnels du secteur, nous avait attiré une seconde commande et j'avais sans hésiter accepté de prolonger de cinq mois mon séjour dans ce pays qui me plaisait beaucoup. Je vivais dans un hôtel particulier de Mexico avec mon équipe et nous enchaînions les interviews de membres du gouvernement, d'industriels et de gouverneurs des différents États qui composent le pays.

J'avais quitté la France quelques années auparavant sans rien laisser derrière moi – littéralement, car toute ma chambre, avec mes souvenirs, mes photos et toutes les affaires de mon enfance, avait disparu dans les flammes. À la fin de mes études, j'avais passé quelques mois chez mes parents sans savoir vraiment quelle direction prendre. Mes camarades partaient ou se lançaient dans la vie professionnelle, semblant négocier le tournant avec facilité. Ma meilleure amie, Aurélie, était partie pour l'Amérique latine. Nous avions projeté ce voyage ensemble mais je n'avais finalement pas eu assez d'argent pour la rejoindre. Mes parents, bien que d'un milieu aisé, n'étaient pas du genre à financer des voyages d'agrément. Ils tenaient à nous traiter, mon frère, mes sœurs et moi, avec une parfaite équité, et trouvaient qu'il n'y avait pas de raison de m'offrir des mois sabbatiques à l'étranger puisqu'ils ne l'avaient pas fait pour mes aînés. Mon père, surtout, pensait qu'il y a une vertu pédagogique à ne rien devoir à sa famille. Il voulait que je me débrouille toute seule. Résultat, à vingt ans, je me morfondais à la maison. Je regardais les offres d'emploi, postulais mollement et sans succès tout en rêvant d'ailleurs. Incurablement romantique, je m'endormais chaque soir en rêvant d'une vie nouvelle et d'un grand amour, à la lueur d'une bougie que je ne soufflais qu'avant de sombrer dans le sommeil. Jusqu'au jour où, évidemment, je me suis endormie avant.

Le crépitement et une sensation de chaleur m'ont réveillée. J'ai entrouvert les yeux et regardé sans comprendre la magnifique parure orangée qui encadrait ma fenêtre : les rideaux étaient en feu. Je me suis dressée, découvrant que la chambre était envahie d'une épaisse fumée. J'ai commencé à tousser. Mon matelas lui-même était en train de prendre feu. Larmoyant, titubante, déjà empoisonnée par les fumées toxiques qui se dégageaient, je suis parvenue à gagner la porte. Dans le couloir, reprenant mes esprits, j'ai couru réveiller mes parents. Nous avons d'abord essayé d'éteindre l'incendie, mais il était trop tard et nous avons dû fuir l'appartement. Rapidement arrivés sur place, les pompiers ont fait évacuer l'immeuble. Nous nous sommes tous retrouvés sur le trottoir en pleine nuit, à regarder nos possessions disparaître dans les flammes. Au matin, l'incendie était maîtrisé, les autres appartements étaient saufs, mais de ma chambre d'enfant il ne restait qu'une cellule noire et carbonisée. Rien n'avait réchappé des flammes. Le feu avait fait table rase du passé.

Mes parents furent dédommagés par l'assurance et mon père, comprenant que c'était pour moi le temps du départ, me donna une petite somme d'argent en me disant de prendre mon envol. Je ne me le fis pas répéter deux fois. Une semaine plus tard, j'atterrissais à New York où je dégotai, par l'intermédiaire d'un ami, un poste à l'ONU. Depuis cette date, je n'étais pas rentrée en France autrement que pour les vacances. J'avais enchaîné les boulots, avant de trouver une place qui me convenait vraiment dans cette agence de communication espagnole. À mes yeux, c'était la vie rêvée. Six mois à droite, six mois à gauche. J'étais libre, célibataire, et j'avais le goût de l'inconnu. Quelque chose en moi, depuis l'enfance, me faisait croire que l'aventure m'attendait au coin de la rue. J'étais curieuse, disponible pour ce que la vie n'allait pas manquer de me proposer.

Ma première mission avait consisté à enquêter pour un reportage sur le Koweït, encore très marqué par la première guerre du Golfe. J'y avais passé six mois palpitants, découvrant cet émirat secret où la vie nocturne était trépidante. Puis on m'avait confié un dossier sur le Mexique et je m'étais donc installée avec ma petite équipe à Mexico, où je venais de passer les six derniers mois. Je parlais désormais bien l'espagnol, j'étais tombée sous le charme du pays.

La secrétaire d'Arturo Montiel nous avait prévenus qu'il aurait peu de temps à nous consacrer car il déjeunait avec son homologue de l'Illinois. On nous avait fait venir chez lui, mon équipe et moi-même. Nous avions d'abord patienté dans un joli petit salon tendu de vert et noir, puis on nous avait fait entrer dans son bureau et j'avais découvert un grand homme mince au teint mat dont le regard souriant s'était immédiatement fixé sur moi. Il était beau, ses cheveux poivre et sel tranchaient avec sa peau brune et son allure altière. Et ses yeux ne m'avaient pas quittée alors que nous avancions vers lui. J'en avais été troublée. J'étais légèrement éblouie par le soleil qui inondait la pièce, pénétrant à flots par les fenêtres ouvertes sur un jardin luxuriant. Derrière, on devinait une piscine et un court de tennis. Le gouverneur s'était mis en quatre. Nos questions portaient sur l'économie, l'industrie, les richesses de son État. Il répondait à tout avec amabilité et précision, parlait avec passion, avec conviction. Mais toujours ses yeux souriants, très noirs, restaient posés sur moi. J'avais l'impression que nous étions seuls. J'enregistrais sa voix vibrante et mon article semblait s'écrire de lui-même.

Il nous quitta au bout de quarante-cinq minutes pour se rendre à un déjeuner, mais il proposa de continuer l'entretien dans l'après-midi. En l'attendant, on nous installa dans un petit bureau où l'on nous fit porter pour nous rassasier des petits-fours, du fromage, du pain, des fruits. On nous traitait comme des invités de marque et cela me toucha. Comme promis, le gouverneur revint après son déjeuner et nous consacra deux heures pleines.

Le soir même de notre première rencontre, alors que nous étions de retour à la maison avec mon équipe, en train de débriefer l'entretien et de préparer les prochaines interviews, on sonna à la porte. J'ouvris et trouvai un homme qui disparaissait derrière un cageot chargé de *tunes*, des fruits exotiques, une spécialité de la région qu'Arturo Montiel avait promis de nous faire découvrir. Entre les fruits était glissé un petit mot qui m'était destiné dans lequel il se félicitait de notre rencontre et terminait en me disant : « À très vite. »

J'avais le cœur battant, j'étais flattée. Mais je n'ignorais pas qu'il était marié et père d'enfants déjà adultes. Je pensais qu'on en resterait là.

Une semaine passa avant que je ne reçoive une invitation à l'accompagner lors d'un meeting régional. Rendez-vous était donné à Toluca, la capitale de l'État de Mexico. Je m'y rendis avec autant d'espoir que d'appréhension. On m'invita à prendre place à bord de l'un des cinq hélicoptères de l'État. Le vol en escadron au-dessus de la région fut spectaculaire. C'était mon baptême d'hélicoptère, je n'en perdis pas une miette. Avec d'autres journalistes, nous suivîmes le gouverneur pendant toute une journée. Il se déplaçait en permanence accompagné de douze gardes du corps armés jusqu'aux dents, qui m'impressionnaient et me mettaient mal à l'aise, mais qui étaient la preuve à mes yeux de son importance et de son courage. La violence est une réalité incontournable de la vie politique au Mexique et la sécurité est une préoccupation constante. Même pour une inconnue comme moi, il y avait des règles à respecter : ne pas choisir n'importe quelle compagnie de taxi, éviter certaines routes ou quartiers… Pour un homme politique de premier plan, évidemment, c'était sans commune mesure. L'escorte et les mesures de sécurité étaient imposantes : voitures blindées, Suburban rugissantes aux vitres teintées, policiers à moto, gyrophares hurlants… Lorsque Arturo parut sur l'estrade du meeting qui devait clore la journée, devant un parterre de plusieurs milliers de personnes qui applaudissaient debout, mon souffle s'accéléra comme si j'étais à son côté. L'impression enivrante de me trouver au cœur des événements ne devait plus me quitter.

Après ce premier voyage, je rentrai à Mexico le cœur troublé. J'avais vu un grand homme et je croyais que, peut-être, il m'avait distinguée lui aussi. Mais nos relations restaient espacées.

Il était très pris et, pour ma part, j'étais intimidée, encore plus que la première fois. Il m'avait glissé qu'il était séparé de sa femme, mais je n'étais pas certaine de devoir le croire. Je me demandais s'il était de ces séducteurs invétérés, je ne voulais pas être la passade d'un homme politique.

Mon reportage s'acheva. L'agence m'envoya au Venezuela rencontrer quelques personnalités, dont Hugo Chávez, pour le *New York Times*. Je partis en ayant l'impression de laisser derrière moi un bout de moi-même. J'étais mélancolique, distraite, rêveuse… jusqu'à ce qu'Arturo m'annonce sa visite. Il arriva dans son avion privé, les bras chargés de cadeaux, radieux et empressé. Je me crus devenue une princesse. Ce jour-là, il me convainquit de lui faire confiance et je décidai de vivre pleinement cet amour naissant sans plus me poser de question, sans chercher à prévoir l'avenir. On verrait bien. J'avais envie d'être heureuse. Je me laissai aller.

Arturo me traitait comme une reine. À deux reprises, il m'envoya son jet privé pour que je le rejoigne à mon tour. Ces extravagances me tournaient la tête, j'étais sur un nuage. Nous fîmes une croisière aux Bahamas où un cyclone nous empêcha de quitter la chambre, mais rien ne pouvait gâcher mon plaisir.

Le conte de fées prit fin brutalement lorsqu'on m'annonça que mon séjour en Amérique latine se terminait. Mon agence m'envoyait au Liban. J'étais déchirée. C'était évidemment trop loin pour qu'il puisse venir me voir. Il me manquait. J'avais du mal à travailler. Je pensais à lui continuellement. J'avais l'impression que j'étais en train de le perdre. Aussi, quand il me dit : « Maude, j'ai passé l'âge des amourettes à distance. Si tu tiens à notre histoire, renonce à ton travail et viens me rejoindre », je n'hésitai pas. Je donnai ma démission deux mois à peine après être arrivée à Beyrouth, sans écouter les pythies qui me mettaient en garde : je renonçais à mon indépendance, à un travail que j'aimais et qui m'apportait beaucoup, pour un homme qui ne m'avait rien promis, un homme autoritaire, habitué à être obéi, un homme habitué à prendre et à disposer, et, qui plus est, beaucoup plus âgé que moi. Mais j'étais jeune, amoureuse, exaltée. L'aventure que j'avais tant attendue était là, enfin. Je sautai dans un avion.

Pour préserver mon autonomie financière, je montai avec mon ami Angel Zamorano une agence concurrente à celle qui m'avait employée, et nous réussîmes à vendre un gros reportage à *Hola*, une revue espagnole. J'étais décidée à continuer à travailler. Je m'installai dans un hôtel avec mon associé et partageai désormais mon temps entre mon agence et Arturo, dont j'étais devenue la compagne. Il était séparé de sa femme, mais pas encore divorcé. Il m'aidait beaucoup dans mon travail, mettant à ma disposition son carnet d'adresses, qui m'ouvrait les portes des industriels et des ministres. Le reportage avançait très bien.

Arturo et moi avions trente ans d'écart, mais je n'y pensais pas. Nous avions beaucoup à apprendre l'un de l'autre, nous étions complémentaires et très amoureux. Il avait peu voyagé. Cet animal politique, maire de Naucalpan, une ville de huit cent mille habitants à vingt-cinq ans à peine, n'avait jamais rien fait d'autre que travailler. Issu d'un milieu modeste, d'une fratrie de onze enfants, il ne parlait aucune autre langue que l'espagnol, n'avait aucun ami hors des sphères politiques, aucune passion autre que la politique elle-même. Il s'était élevé à la force du poignet et je l'en admirais encore davantage. Auprès de lui, je découvrais un pays et un métier. Avec moi, il s'ouvrait sur le monde, et je lui donnais le goût de la légèreté. Je sentais qu'à mon contact il rechargeait ses batteries. Nous nous enrichissions mutuellement, nous nous rendions heureux. J'avais envie de montrer au monde entier notre allégresse. Je lui proposai de lui faire découvrir Paris qu'il ne connaissait pas. Nous y passâmes une semaine merveilleuse et c'est là qu'une nuit, dans une rue débouchant sur l'Arc de triomphe illuminé, Arturo me demanda en mariage. Je criai presque ma réponse, un immense oui !

À peine de retour au Mexique, Arturo divorça et fit modifier le code civil de son État pour pouvoir se remarier immédiatement. Cette preuve d'amour me bouleversa. Naïvement, je me dis que rien n'était trop beau pour moi. J'aurais plutôt dû y voir le signe que rien n'était impossible pour lui. Pas même changer des lois pour sa convenance personnelle…

Le 22 juin 2002, j'épousai Arturo à Valle de Bravo, un village de montagne. Nous n'avions pas pu nous marier à l'église, Arturo étant divorcé, mais il nous offrit pour m'en consoler un mariage civil extravagant. Jamais je n'aurais pu rêver une telle fête. Mes parents, débarqués pour l'occasion, n'en croyaient pas leurs yeux. Mon père, surtout, car ma mère a les pieds sur terre et rien, jamais, ne peut l'impressionner. Tout juste concéda-t-elle, en visitant mon gigantesque dressing : « Eh bien, pour une fois tes affaires sont bien rangées. »

Ce furent trois jours de festivités incroyables sous un ciel d'abord occupé par le va-et-vient des hélicoptères convoyant nos invités, puis par un gigantesque feu d'artifice, une surprise d'Arturo. Cent cinquante convives furent reçus comme des princes, l'orchestre national d'Amalia Hernández s'était déplacé, des spectacles de danse folklorique se succédaient sur le court de tennis transformé en scène de théâtre et drapé d'un chapiteau géant pour l'occasion. J'allais d'un invité à l'autre, enivrée par la démesure de la cérémonie. J'avais choisi une robe dos nu très simple et laissé mes cheveux détachés ainsi que j'aime à les porter, et je souriais sans pouvoir m'arrêter, au bras d'Arturo, captivée par le spectacle des *charros*, ces cavaliers portant un large chapeau qui galopaient à une vitesse dépassant l'imagination, succédant aux danseuses. Ma vie était digne d'un conte des *Mille Et Une Nuits*, me disais-je avec stupéfaction.

Comme cadeau, Arturo m'offrit un terrain surplombant le lac, sur lequel nous fîmes construire la villa de nos rêves. Une vie incroyable commençait. J'étais heureuse.

Aujourd'hui encore, même après tout le mal qu'il m'a fait, je ne repense pas sans émotion à ces premiers jours de notre amour. Arturo était attentionné, doux, capable de folies pour me plaire. Sa galanterie un peu surannée me ravissait : il me tenait la porte, m'avançait ma chaise, faisait le tour de la voiture pour m'ouvrir la portière. Il me traitait avec d'infinies précautions, comme si j'étais d'une grande valeur, ce qui m'étonnait et me ravissait à la fois. On ne m'avait jamais aimée ainsi. Les 22 de chaque mois, en souvenir de notre mariage, il me faisait livrer trois cents roses blanches. Trois cents roses : la taille du bouquet était colossale, et il n'y manqua jamais.

– 4 –

LE VISAGE HUMAIN DU GOUVERNEUR

J'eus malheureusement peu de temps pour savourer mon bonheur. Dès le lendemain de notre mariage, la presse se déchaîna et une campagne de dénigrement commença. Les journaux véhiculaient l'image d'une femme intéressée, une croqueuse d'hommes attirée par le pouvoir. J'en fus d'autant plus meurtrie que je n'avais personne vers qui me tourner. Les amis que je m'étais faits l'année passée vivaient à Mexico, je les voyais de moins en moins. En épousant Arturo Montiel, j'étais devenue la première dame de l'État de Mexico et ma première leçon fut d'apprendre que lorsque vient le pouvoir, il n'y a plus d'amitié qui tienne. Les gens qui vous approchent ont tous une idée en tête, quelque chose à demander, un service à obtenir. On ne peut plus faire confiance à personne, la moindre confidence est susceptible de se retrouver dans les journaux le lendemain. Je découvris la solitude.

Les articles sur moi étaient durs et virulents. Ma différence d'âge avec Arturo était pointée du doigt comme la preuve de ma fausseté. Chaque matin, je lisais des horreurs sur mon compte et je n'arrivais pas à m'en protéger. Je ne savais pas comment répondre. Jamais encore je ne m'étais sentie si impuissante. La bonne société de Toluca, la capitale de l'État, se moquait et colportait des ragots sans même s'en cacher. J'avais l'impression que tout ce que je faisais se retournait contre moi, je ne savais comment prouver ma bonne foi. Je sombrai brutalement dans une terrible dépression, perdis plus de dix kilos en quelques semaines. J'étais très affaiblie.

Une femme, pourtant, me tendit la main : Monica était l'épouse d'Enrique Peña Nieto, l'actuel président du Mexique, un parent d'Arturo. À l'époque, Enrique n'était qu'un jeune loup ambitieux, secrétaire de l'administration du gouvernement de l'État de Mexico. Nous fréquentions beaucoup ce jeune couple, car ils étaient proches de mon âge et je m'entendais bien avec Monica. Peu après notre mariage, elle m'avait dit :

– Tu auras besoin d'un chien.

– Un chien, mais pourquoi ?

– Parce que désormais tu vas être seule.

Elle m'avait entraînée vers une animalerie où j'avais choisi un cocker, Lola, et un shih tzu, Roxy, qui furent pendant ces années mes plus proches compagnons. Car Monica avait raison, j'ai été seule. J'avais l'impression qu'on m'avait jetée dans un bain aux crocodiles et que je m'y noyais sous les regards goguenards de la foule.

Voyant que je dépérissais, Arturo me donna un précieux conseil : ne jamais lire ce qu'on publiait sur moi, ne pas prêter oreille à la critique. « Travaille, le reste suivra, me promit-il. Tu gagneras l'opinion publique parce qu'ils verront que tu es sincère et que tu te donnes du mal. » Il disait vrai. Je l'écoutai et, à partir de là, les choses s'améliorèrent petit à petit. Je parvins à remonter la pente et je pus endosser mes fonctions officielles de femme de gouverneur.

La tradition veut que la première dame de chaque État prenne la direction du DIF, un organisme chargé des affaires familiales. C'était une fonction importante dont je me faisais une haute idée, et j'avais très peur de ne pas être à la hauteur. Alors, comme me l'avait conseillé Arturo, j'ai travaillé. J'ai appris mes leçons. J'ai lu tout ce qui se rapportait à l'État. J'ai retenu le nom de toutes ses villes, de leurs maires, de leurs épouses, ainsi que leur orientation politique.

J'ai rencontré beaucoup de patrons d'entreprise, j'ai visité les champs, les plantations, les usines, le moindre des petits villages, les centres d'hébergement, les asiles, les orphelinats. J'étais très motivée, non seulement parce que je ne voulais pas décevoir mon époux, mais aussi car je voulais prouver à la bourgeoisie locale, qui me considérait comme une arriviste, que j'étais quelqu'un de valeur. Je me suis dévouée à ma fonction avec cœur et passion. Voyant cela, Arturo, approbateur, m'a prise sous son aile. Il m'a tout appris, il m'a couvée. Il me disait qu'en tête à tête j'étais à l'aise et intuitive avec mes interlocuteurs et que je pouvais me fier à mon instinct. Mais en public, j'étais paralysée par la timidité. Or mon rôle consistait en partie à présider des inaugurations et à donner des conférences. Moi qui, de toute ma scolarité, n'avais jamais réussi à faire un exposé devant ma classe ! Arturo m'apprit comment dépasser ma peur de prendre la parole. Il m'enseigna comment me tenir, comment bouger les mains, où porter le regard, comment me faire entendre. Quand nous nous retrouvions, le soir, nous parlions de l'État, de ses difficultés et de ses richesses, de ce qui était important pour les gens. Bientôt, la région n'avait plus de secrets pour moi. Tout ce travail, je l'accomplissais par amour pour mon mari. Il me disait qu'il m'admirait car l'espagnol n'était pas ma langue maternelle et que j'assimilais rapidement tout ce qu'il y avait à connaître. Je l'accompagnais partout, je l'observais. Lui, c'était un meneur d'hommes. Moi, j'étais à l'écoute des gens. Ensemble, je nous pensais invincibles.

Officiellement, mon rôle avait pour but de défendre les plus démunis. Mais j'avais conscience que, ce faisant, j'étais le visage humain du gouverneur, ainsi qu'Arturo me surnommait en riant, c'est-à-dire une véritable machine à récolter des voix. Car nous étions toujours en campagne pour quelque chose. J'assumais ce rôle. J'avais épousé un homme politique et j'étais prête à l'aider dans sa carrière. Ensemble, nous avons remodelé son image. Petit à petit, il a modernisé sa garde-robe. Il a repris le sport sur mon impulsion, a minci, fait rectifier ses dents chez un bon dentiste. Je ne bois jamais une goutte d'alcool, aussi a-t-il à mon contact progressivement diminué sa propre consommation qui avait toujours été trop importante. Il était en meilleure santé, plus dynamique, et ça se voyait : il était plus populaire que jamais.

Je l'accompagnais dans tous ses déplacements. Quand il n'était pas là, je me faisais son ambassadrice. J'aimais énormément mon travail. La femme qui m'a succédé à ce poste a refusé d'être payée, elle a sans doute eu raison. Mais pour moi qui n'avais jamais voulu dépendre d'un homme, c'était très important de continuer à toucher un salaire, de rencontrer des gens, d'avoir ma propre carrière. Cela me semblait la garantie d'une certaine autonomie.

Je me rendais pourtant bien compte qu'Arturo savait tout de mes déplacements, de la moindre de mes rencontres, qu'il suffisait que j'échange quelques mots avec quelqu'un pour qu'il en soit aussitôt averti, mais je ne m'en offusquais pas. Depuis que nous étions mariés, j'étais escortée moi aussi par des gardes du corps (« seulement » six, si l'on peut dire) et ils étaient en contact permanent avec le chef de sa sécurité. Cela me paraissait naturel, je n'y voyais pas une volonté de contrôle, mais uniquement un impératif de sécurité. Je reconnaissais le caractère pratique de la coordination de nos équipes. De la même façon, il me paraissait aussi désormais naturel de ne me déplacer qu'en hélicoptère ; comme mon baptême me semblait loin… Je reçus même un diplôme certifiant que j'avais effectué plus de quatre cents heures de vol en tant que présidente du DIF. Très fière, je le fis encadrer. Je ne remplissais plus moi-même aucune corvée ni aucune tâche du quotidien. Ce n'est pas ainsi que j'avais été élevée, loin de là, mais je m'habituai pourtant rapidement à cette vie hors norme. Bientôt, ce fut comme si je n'avais jamais rien connu d'autre.

Sept cents personnes travaillent au DIF. C'est colossal. Heureusement, je m'entendais très bien avec la directrice générale, Lorena Cruz, une femme dévouée et extrêmement professionnelle. Je me reposais beaucoup sur elle. Lorena consacrait sa vie à son travail. Elle n'était pas mariée, n'avait pas d'enfants, pour son grand malheur, et partait rarement en vacances. Au bureau, elle était extraordinaire.

J'avais maintenant un emploi du temps très chargé mais je disposais de beaucoup d'aide pour organiser ma vie. En effet, deux secrétaires particuliers officiaient pour moi. L'une, Édith, pour qui j'avais beaucoup d'affection, attentionnée et extrêmement organisée, m'aidait pour les questions familiales. Elle s'occupait du personnel, était en relation avec les intendants des propriétés à qui elle faxait des listes de courses avant que nous n'arrivions, Arturo et moi, afin de s'assurer que nous ne manquions d'aucun de nos produits favoris. Elle se souvenait des anniversaires de chacun, gérait les cadeaux, le pressing, mille autres petites choses dont je me suis ainsi trouvée déchargée sans même m'en apercevoir. Notre existence était trépidante, mais incroyablement luxueuse et totalement déconnectée de la réalité de la plupart des gens. Mais cela s'était fait sans que je le réalise pleinement.

Mon autre secrétaire, Ricardo Arredondo, était un homme formidable que j'appréciais énormément : intelligent, intègre, travailleur et très dévoué, il gérait mon agenda et mes tâches publiques, mes liens avec les médias. Nous nous entendions très bien et lorsqu'il avait voulu partir pour d'autres aventures professionnelles, j'avais beaucoup regretté son départ. Pour le remplacer, j'avais recruté moi-même un jeune ambitieux, Onesimo, qui avait su se rendre indispensable en quelques semaines.

En tant que présidente du DIF d'un État de seize millions d'habitants, je devais notamment coordonner l'action de tous les organismes municipaux qui y étaient rattachés et qui étaient au nombre de cent trente-six. Chacun était présidé par l'épouse du maire de la ville où il était implanté. À travers ce réseau, nous financions la construction de crèches, de garderies, de centres d'accueil pour les handicapés et les personnes âgées, nous subventionnions aussi des programmes d'entraide en matière de santé. Je présidais également la Croix-Rouge de l'État pour laquelle je collectais les fonds une fois par an. Je voyageais sans arrêt et découvris la très grande pauvreté qui régnait dans certaines zones où les infrastructures sanitaires, hospitalières et scolaires étaient quasi inexistantes, bien que ce fût la région la plus riche du pays. Je passais mes journées aux côtés de gens souffrant de malnutrition, d'enfants qui n'étaient pas scolarisés, de personnes âgées obligées de continuer à travailler, puis je remontais dans mon hélicoptère. C'était un grand écart permanent et je sentais le gouffre s'élargir entre ces deux pans de mon existence. Il y avait tant à faire et les contrastes étaient si importants entre la réalité que je constatais sur le terrain et ma vie protégée que j'en avais parfois le tournis. J'intervenais sans cesse auprès d'Arturo pour le financement de telle ou telle cause qu'on venait de porter à mon attention et il se pliait volontiers à mes demandes. Sur le modèle de ce que j'avais vu en France, je proposai la création d'une « carte avantage » pour les personnes âgées, qui vit le jour à ma grande fierté. Je me sentais utile et réussis petit à petit à faire oublier le vent de réprobation qui m'avait accueillie. Je crois que je nous gagnai des cœurs par ma sincérité : j'étais convaincue par ce que j'accomplissais.

Ce travail m'avait changée en profondeur. J'étais désormais capable de tenir des discours de deux heures devant des salles bondées de ministres, de journalistes et d'hommes d'affaires, comme à l'occasion du compte-rendu annuel du DIF qui se déroulait devant un auditorium de cinq mille personnes. Je prenais de l'assurance, j'avais l'impression d'être aux commandes de ma vie. Pourtant, il me manquait quelque chose.

Je compris vite ce que c'était : le moment était venu pour moi de fonder une famille.

Après quelques mois d'essais infructueux, nous consultâmes un spécialiste et découvrîmes que nous ne pourrions pas concevoir sans assistance médicale. Il n'était pas pensable, pour nous, de ne pas avoir d'enfants ensemble et nous fîmes donc appel aux meilleurs médecins. Je suivis un traitement contraignant, accompagnée par un Américain, le Dr Sandler. Pour cela, je dus passer douze jours hospitalisée à New York, mais Arturo avait tenu à rester auprès de moi et les sacrifices ne comptaient pas au regard de notre désir d'avoir des enfants. De retour au Mexique, quelques journées passèrent avant qu'on eût la certitude que le traitement avait marché. Je ne sentais rien, j'avais l'impression d'être vide, je craignais de ne pas m'être assez reposée, je me torturais, incapable de penser à autre chose. Puis on m'annonça la bonne nouvelle : j'étais enceinte de jumeaux. Ma joie n'aurait pu être plus grande. Et la fierté d'Arturo se lisait sur son visage.

Malgré ma grossesse, je ne ralentis pas mon rythme de travail. Il y avait des missions à accomplir et je ne voulais pas m'y dérober. Il n'était pas question de décevoir Arturo ni la population qui m'accordait alors toute sa confiance.

Ce travail trépidant avait toutefois ses récompenses. Durant ces années-là, j'ai rencontré des gens formidables, avec qui j'ai pu échanger dans la plus grande simplicité. J'ai par exemple reçu le dalaï-lama ou la princesse de Belgique à déjeuner. Mais le moment le plus fort reste ma rencontre avec le pape Jean-Paul II. Comme nous n'étions pas mariés religieusement, le protocole m'interdisait de participer à la cérémonie officielle.

Arturo avait donc emmené sa mère qui n'en pouvait plus de joie et qui a chéri jusqu'au jour de sa mort le souvenir de ce grand moment. Mais, sachant à quel point j'avais de l'admiration pour le pape, Arturo m'avait organisé une rencontre privée dans une petite salle du palais. J'eus droit à quelques minutes de tête-à-tête. Dès le moment où nous nous serrâmes la main, le sentiment d'une extraordinaire paix intérieure m'envahit. De famille catholique, je ne suis pourtant pas pratiquante, ni particulièrement fervente, mais devant l'évidence on ne peut que s'incliner : j'étais en présence d'un saint homme.

– 5 –

SOFIA, ADRIAN ET ALEXI

Ma grossesse, à hauts risques, fut très surveillée. J'étais suivie par un médecin de l'hôpital Angeles de Interlomas, à Huixquilucan, le meilleur service de maternité de la région. Je m'y rendais tous les quinze jours en hélicoptère, atterrissant sur le toit de l'hôpital. Autant dire que mon arrivée n'était jamais très discrète et que tous les patients se plaignaient du bruit infernal des turbines – tout en se précipitant pour voir qui arrivait. Je profitais de ce privilège avec un plaisir enfantin.

Le 23 mars 2004, j'accouchai en catastrophe à seulement sept mois et demi de grossesse. J'étais accompagnée d'Arturo et de ma sœur Delphine qui était justement en visite chez nous. Mon mari ne voulait pas perdre une miette de l'événement.

Il resta dans la salle tout au long de l'accouchement et coupa lui-même, joyeux et fier, les cordons ombilicaux. Le moment qui suivit, où Arturo, nos deux petits et moi nous retrouvâmes seuls tous les quatre dans la chambre, est aujourd'hui encore l'un des plus heureux de ma vie.

Le lendemain de la naissance des jumeaux, je découvris que le couloir de mon étage était encombré de centaines de bouquets de fleurs et de cadeaux qui avaient été déposés le long du mur sur des dizaines de mètres. Bouleversée, je ramassai les mots de félicitations pour les lire tous et pouvoir y répondre lorsque figurait une adresse. C'étaient des mots simples et chaleureux d'anonymes, de citoyens de la ville qui nous souhaitaient tout le bonheur du monde, à ma famille et moi-même. Le ton sans recherche, spontané, me toucha au cœur et, pour la première fois, je me sentis vraiment chez moi dans ce pays où j'avais su me faire accepter et où je venais de mettre au monde mes deux premiers enfants.

Nous rentrâmes à la maison au bout d'une semaine. J'étais une jeune maman sans expérience, les jumeaux étaient un peu prématurés, aussi Arturo, sur le modèle de ce qu'il connaissait, engagea quatre des meilleures infirmières de l'hôpital de Toluca pour veiller sur les bébés. Quatre jeunes femmes en blouse blanche s'installèrent donc à la maison où elles se relayaient auprès des enfants vingt-quatre heures sur vingt-quatre.

Déroutée, dépossédée, je les regardais faire sans oser m'imposer. J'appris beaucoup en matière de soins à apporter à un nouveau-né, mais je me trouvai, de fait, écartée de mes enfants. Ce n'est pas moi qui les baignais, qui les nourrissais, qui les habillais. Tout au plus me les mettait-on dans les bras pour un petit câlin de temps en temps. J'en concevais une terrible frustration, mais il me fallait déjà retourner à mes obligations de première dame et auprès d'Arturo qui me réclamait sans cesse à son côté.

À partir de là, pour moi, tout fut changé. Lorsque je passais des journées entières loin de mes enfants, j'étais continuellement habitée par leur pensée. Ils me manquaient. J'étais moins concentrée sur mes tâches, je n'en tirais plus le même plaisir. J'étais impatiente de les voir. Dès que j'arrivais à la résidence, je me ruais dans les escaliers, mais c'était pour les trouver, toujours, dans les bras d'une autre femme. Lorsque je voulais changer une couche ou donner un biberon, les infirmières me chassaient gentiment, comme on éloigne un importun un peu envahissant. « Allons, allons, Madame Maude, c'est notre travail, disaient-elles. Reposez-vous. Ne vous embêtez pas avec ça. » Malheureuse, maladroite, j'avais des idées noires. Il me semblait qu'Adrian, lorsque je le prenais dans les bras, se tortillait pour m'échapper. J'avais l'impression qu'il préférait être dans les bras de l'une des nurses. J'avais aussi cru remarquer que les jumeaux pleuraient plus quand ils étaient avec moi et ça me faisait verser, à moi, de grosses larmes impuissantes. J'avais beau me dire que la présence de ces femmes était la preuve de l'implication d'Arturo auprès de ses enfants, je pensais qu'elles m'empêchaient de devenir mère pour de bon et je ne savais pas comment le lui faire comprendre. J'essayais de me rassurer en me disant que rien ne peut rompre la relation entre une mère et ses enfants. Il me semble qu'il s'agissait là des prémices du drame qui nous a frappés plus tard, car j'ai toujours dû me battre pour être la mère de mes enfants, jamais cela ne m'a été offert.

Huit mois après la naissance des jumeaux, je procédais à nouveau à une fécondation *in vitro* à New York. Rêvant d'avoir une famille nombreuse, je voulais que mes enfants soient d'âge proche. Alexi, mon troisième, naquit le 21 juillet 2005 à Huixquilucan, à nouveau prématurément, en raison d'un problème de calcification du placenta. C'était un petit bébé adorable, souriant, qui ne pleurait presque jamais. Rien ne laissait présager l'autisme qui allait nous happer quelques années plus tard.

Avec trois enfants, mes nombreuses obligations me pesaient de plus en plus. Je souffrais du temps passé loin de mes petits mais je n'étais pas libre de mon emploi du temps, tout était organisé et minuté, ma vie était prise en charge à chaque instant. J'avais l'impression d'être sur un tapis de course que je ne maîtrisais pas. Cela me coûtait de plus en plus.

Mais Arturo était fier de ses enfants. Être à nouveau père lui donnait une énergie incroyable et son bonheur me redonnait le sourire. Pas très impliqué dans les soins du quotidien, il se limitait à quelques câlins, mais il veillait au grain en matière de qualité du personnel. La nurserie était pleine de jouets et de cadeaux. Il choyait ses enfants et entendait bien les élever dans un luxe qu'il n'avait pas connu étant petit. Pour le premier anniversaire des jumeaux, il donna une fête digne des enfants d'un roi : Mickey géant, animations variées, dizaines de petits invités...

Nous étions lui et moi complètement assistés et nous perdions de plus en plus le sens des proportions. J'en avais l'intuition, mais je ne savais pas encore comment le formuler.

– 6 –

En campagne

Quand Arturo m'annonça sa décision de se présenter à l'élection présidentielle, je sentis la frayeur m'envahir. Je concevais un tel malaise de notre rythme de vie et de l'éducation que recevaient nos enfants que l'idée de la présidence du Mexique me semblait tout sauf enviable. Je devinais que ce serait la même chose en pire. Et puis j'avais un sombre pressentiment, l'impression qu'une catastrophe nous guettait. Tout cela, c'était trop. Pourquoi ne pas se contenter de ce qu'on avait et qui nous prenait déjà tant de temps, dévorant sans pitié notre vie privée ? Mais Arturo est une bête politique animée d'un appétit insatiable pour le pouvoir. Il voulait plus. Galvanisé par cette nouvelle jeunesse que nous lui offrions, les enfants et moi, il se rêvait désormais en président. Il avait travaillé pour cela toute sa vie, je compris que rien ne pourrait l'en détourner. Il la voulait, son élection présidentielle, il y croyait, et tout le renforçait dans cette conviction. Plus populaire que jamais, il était donné favori par tous les sondages d'opinion. Comprenant que je ne pourrais m'opposer à cette ambition légitime, j'acceptai de l'accompagner.

Entre nous, les choses n'allaient pourtant plus comme aux premiers temps de notre amour. Alors qu'il resplendissait de bonheur, je me sentais de plus en plus mélancolique et je dépérissais. Ma famille me manquait, la France me manquait, mes enfants me manquaient. Je les voyais trop peu. Le week-end, fatigué par des semaines très chargées, Arturo avait envie de se reposer et il m'emmenait vers des destinations de rêve. Il voulait que je m'occupe de lui, que nous ayons du temps l'un pour l'autre, loin du tumulte médiatique, loin du travail et loin, aussi, de nos enfants. Ce n'est pas ainsi que j'avais rêvé la maternité, mais je n'osais pas le lui dire. Des comportements que j'avais trouvés flatteurs au début me paraissaient à présent étouffants. Arturo était jaloux, très jaloux. Il l'avait toujours été, de toutes ses compagnes. C'était un homme possessif et impulsif. Déjà avant que nous sortions ensemble, lorsque je l'avais accompagné comme une simple journaliste, il s'était conduit en propriétaire. Quand il trouvait que quelqu'un me regardait d'un peu trop près, ses yeux lançaient des éclairs et l'autre, que ce soit un ministre ou un chef d'entreprise, faisait aussitôt marche arrière. J'avais d'abord aimé cette attention exclusive. C'était valorisant pour moi de savoir mon homme puissant et respecté, de le sentir très amoureux. Mais à présent, j'avais parfois du mal à supporter de ne pouvoir adresser la parole à quiconque sans sentir ses antennes se dresser dans ma direction. J'avais besoin qu'il me fasse confiance, qu'il me laisse un peu de liberté. J'avais besoin d'air. Je prenais peu à peu conscience que j'étais en cage. Une cage dorée mais qui n'en était pas moins réelle. On ne peut avoir aucun secret pour un homme comme lui. Toute autonomie m'était interdite, je n'avais pas de petit jardin à moi. La moindre de nos connaissances faisait partie de son cercle politique, ils étaient tous ses affidés. Je n'avais aucune amie vraie, si je puis dire de longue date.

Monica, elle-même, était habitée par l'ambition. Tous ses efforts étaient concentrés sur la réussite d'Enrique, son mari, dont elle gérait même le fan-club. Je n'avais pas de doute : elle me sacrifierait sans hésiter si sa carrière l'exigeait. Mais nous nous entendions bien néanmoins.

Un jour que je me confiais à elle sur mes difficultés, elle me répondit d'un air soucieux :

– Fais attention, Maude, on ne quitte pas un homme politique mexicain.

Monica a été retrouvée morte deux ans plus tard, chez elle, dans des circonstances qui ont soulevé la suspicion des médias. Interrogé peu après en direct à la télévision, Enrique n'a pas su donner le nom de la maladie dont il disait qu'elle était décédée, ce qui a paru étonnant pour un jeune veuf. Il a fallu que l'intervieweur lui souffle la réponse. Monica avait trois enfants, c'était une mère formidable, et elle n'aura pas pu assister au couronnement de la carrière de celui à qui elle avait voué son existence.

Sur le moment, je pris à la légère sa sombre réflexion. Je n'en étais pas encore à envisager une séparation, mais il est vrai que je ne parvenais pas à me projeter dans le costume de première dame du Mexique. Je n'y croyais pas, je n'y ai jamais cru. J'avais goûté au succès, à l'engagement politique, à la palpitante vie politique locale, mais je ne rêvais de rien de plus, si ce n'est de davantage de temps pour moi, pour mes enfants, pour notre famille. Je n'avais pas d'autre ambition : du temps pour nous.

Il fallut pourtant accompagner Arturo. Je ne voulais pas le fragiliser ni le priver de ce combat qui devait être le couronnement de toute une vie dédiée à la politique. La campagne commença. Nous fûmes immédiatement comme emportés par un cyclone. Une campagne présidentielle, c'est presque impossible à raconter, c'est un événement qui crée sa propre énergie et qui vous porte, vous enivre, vous propulse envers et contre tout, parfois malgré vous. J'embarquai à son côté et nous plongeâmes dans le tumulte.

Notre entourage se modifia. Ils vinrent de partout, ceux qui voulaient participer à l'aventure, mettre leur grain de sel, briller dans l'espoir d'une reconnaissance future. Chaque jour de nouveaux amis, de nouveaux soutiens proposaient leurs services. Autant que possible, je faisais le tampon pour protéger Arturo de trop de sollicitations. L'équipe s'élargit autour de nous. Pour me consacrer à fond à la campagne, à la demande d'Arturo je quittai à grand regret mes fonctions au sein du DIF. Nous ne faisions plus que cela, nuit et jour, et j'avais beau traîner les pieds, c'était par moments exaltant.

Notre statut avait changé. Des journalistes nous suivaient partout, tout le monde voyait Arturo président et tous voulaient faire partie de son équipe. Il était tout-puissant. Nous étions très entourés, beaucoup de personnes gravitaient autour de lui. Une aura particulière nous entourait. Je me sentais portée, par instants, mais le plus souvent, en regardant ces visages nouveaux, souriants, empressés, je ne voyais que leur hypocrisie et je me disais : *Quand viendra l'heure de la chute, qui restera auprès de nous ?*

Comme dans tous les couples, Arturo me consultait sur beaucoup de questions. Je crois qu'il appréciait ma spontanéité et mon indépendance.

En particulier lorsqu'il fallut adouber un successeur et le présenter à la population avant les nouvelles élections au poste de gouverneur de l'État, et qu'il hésita longtemps entre son parent, Enrique Peña Nieto, et Navarrete, le procureur de l'État qui avait ma préférence car il me paraissait intègre et fiable. Arturo se rabattit finalement sur Enrique.

– Celui-là, il sera Président, lui dis-je alors.

Arturo eut un sourire confiant qui devait vouloir dire « Peut-être, mais après moi ».

Toutefois, l'histoire ne devait pas tourner comme il l'entendait. L'un des scandales les plus retentissants de l'histoire récente du Mexique allait déboulonner mon mari, interrompant brutalement sa course vers la gloire.

– 7 –

Le scandale

Octobre 2005. Au journal télévisé, je vois apparaître et défiler les images de notre maison. Arturo monte le son et j'entends ces mots : « … scandale, Arturo Montiel accusé de corruption massive. » Instantanément, le téléphone se met à sonner. Visage blême, Arturo répond à mi-voix puis enfile une veste et sort précipitamment rejoindre l'équipe de campagne. Je reste seule devant la télévision, suffoquée.

Le soir-même, Arturo est reçu en direct dans une émission qui lui accorde un droit de réponse. Je suis devant mon poste, le cœur battant. Je regarde son visage mais je ne le reconnais pas. Encore sous le choc de la violence des accusations, il tente de se justifier mais son malaise est perceptible, ainsi que sa fébrilité et déjà, dans son regard, la défaite. Ce passage télévisé lui sera fatal. Je comprends que tout est fini.

La machine médiatique s'emballe. Toute la famille est visée : les enfants nés du premier mariage d'Arturo, son ex-femme, moi. Les comptes en banque de ses aînés sont dévoilés et déchaînent un scandale sans précédent. Les accusations sont très sérieuses. La haine est à la mesure de l'amour qui nous a portés jusqu'alors. Dans la rue, au restaurant, des gens l'insultent. Un jour, un homme s'approche de notre voiture et crache sur la vitre, le visage déformé de mépris. Je suis bouleversée. Dans les médias, on évoque cent soixante-dix propriétés détenues personnellement par Arturo, un chiffre délirant, on parle de château en France, un château fantôme. Mais de la calomnie, il restera toujours quelque chose. D'autant qu'au Mexique la vie publique n'a pas encore connu d'opération « mains propres » comme dans certains pays d'Europe et que la tolérance était jusque-là plus grande à l'égard de certaines pratiques. Arturo, qui navigue depuis toujours dans un système fortement corrompu, est en train de s'y brûler les ailes.

Mes parents m'appellent, alarmés, pour me demander si je ne crains pas qu'il s'agisse d'argent de la drogue, de ventes d'armes, de mafia.

Ils veulent savoir si nous sommes en danger, les enfants et moi. Je ne sais que leur répondre. Mon mari essaie de me tranquilliser. Tout va s'arranger, me dit-il, c'est une campagne de déstabilisation lancée par les adversaires de son parti, le PRI, pour freiner son accession à la présidence. Mais il a beau afficher devant moi sa confiance, je sais qu'il doute de pouvoir s'en tirer et je commence à avoir peur pour mes enfants. Notre entourage se clairsème à toute vitesse. Les téléphones ne répondent plus, les regards se détournent. Histoire classique. J'ai beau l'avoir anticipée, il est impossible de ne pas en être blessé. Lorsque des gens avec qui on a ri, on a dîné, dansé, avec qui on a passé tant d'heures de travail nous ignorent du jour au lendemain, il n'y a rien d'autre à faire qu'encaisser et tâcher de faire bonne figure.

Des journalistes sont postés devant chez nous jour et nuit, ils grimpent aux arbres pour voler des clichés. Nous vivons comme des reclus. Très vite, je ne le supporte plus. Je rêve d'ombre, de silence, d'anonymat. Je rêve de la France.

– 8 –

RETOUR EN FRANCE

Arturo, voyant la mauvaise tournure que prennent ses affaires et admettant qu'il ne s'en tirera pas si facilement, nous envoie, les enfants et moi, en Europe, à l'abri du tumulte. Il reste au Mexique pour faire face à ses accusateurs.

Pour moi, aussitôt arrivée en France, c'est la libération. J'ai l'impression de pouvoir à nouveau respirer. À Paris, je reprends goût à la vie. La pression se desserre. Je suis de nouveau maîtresse de mon temps, moi seule décide de mes occupations ainsi que de mes priorités. Au début, c'est un peu vertigineux. J'ai tellement pris l'habitude d'être déchargée des tâches du quotidien que je ne sais plus exactement comment procéder. C'est une rééducation que je dois entreprendre seule.

Pas à pas, je réapprends à vivre sans assistance. Je prends le métro, je fais mes courses moi-même… J'ai la tête qui tourne de me rendre compte à quel point j'avais perdu contact avec la réalité. J'apprécie de marcher dans la rue sans être reconnue. J'apprécie de ne plus avoir en permanence une clique d'hommes en armes autour de moi. Nul besoin, ici, de se protéger, puisqu'il n'y a pas de danger.

Et surtout, il y a les enfants. Je les ai pour moi, enfin. Je m'occupe d'eux moi-même, non pas tout à fait sans aide car j'ai engagé une nounou, mais du moins à ma façon. Je prends un grand plaisir à les baigner et à les habiller. J'aime improviser pour eux des jeux, des parties de balle, je leur construis des cabanes avec les coussins du canapé, c'est moi qui leur lis les histoires du soir et nous passons chaque après-midi de longues heures à nous promener tous les quatre dans les allées du bois de Boulogne. Je deviens mère petit à petit, alors que mes enfants ont déjà dix-huit mois et deux ans et demi. C'est un apprentissage hésitant mais exaltant.

Lentement, je renoue également avec des amies d'autrefois, qui pour certaines se demandaient où j'étais passée ces dernières années. Je reste très discrète sur ma vie au Mexique, ne me confie quasiment à personne. Je ne veux pas qu'on me juge, j'ai assez essuyé de critiques pour le reste de mon existence, et je préfère me passer de conseils.

Tout le monde respecte mon désir d'intimité. Ma famille, aussi, m'entoure à nouveau. C'est une existence simple et heureuse, anonyme, dont je me satisfais chaque jour un peu plus. La vie dorée, je l'ai vécue et je sais désormais qu'on la paie un prix trop élevé. C'est un pacte avec le diable dont on revient souvent trop tard. Je m'endors chaque soir heureuse d'avoir réussi à m'en arracher.

Pour Arturo, en revanche, les choses sont très difficiles. Nageant en plein scandale, il se défend de son mieux dans les procès qui lui sont intentés. Toutes les quelques semaines, il vient se ressourcer auprès de nous, mais nous ne parvenons pas à retrouver notre harmonie de jadis. Miné par l'inquiétude, il boit à nouveau exagérément. Il est brusque, impatient. Je ne le reconnais pas. À Paris, l'homme puissant et courtisé est totalement démuni. Je suis son seul repère. Il se sent vulnérable, ce qui le rend méfiant. Il ne contrôle plus la situation et se raccroche à moi comme à une bouée. Il ne me laisse rien faire sans lui, me suit partout, toute la journée, jusqu'à la boulangerie. Tout le monde lui a tourné le dos et il craint un abandon supplémentaire. Finalement contraint de se retirer de la course à la présidence, il a vu voler ses rêves en éclats et n'a plus aucun projet. Tout ce qu'il avait bâti et si chèrement acquis s'est écroulé en un éclair. C'est un prince déchu et colérique qui vit désormais auprès de moi.

En France, Arturo ne connaît personne. Il essaie de prendre des cours de français, mais n'arrive pas à progresser suffisamment vite à son goût et abandonne. Pour notre couple, c'est un retournement des positions qui n'est pas aisé. De jeune épouse admirative et désireuse d'apprendre, je suis devenue son guide, son interprète, son assistante. Mais je ne suis plus sa femme. Notre relation était bâtie sur l'admiration que j'éprouvais pour lui. Il m'impressionnait, je le craignais un peu, j'avais parfois le sentiment d'être la poupée d'un tigre. À présent, il s'expose en homme inquiet et tyrannique qui ne sait rien faire sans moi. Je n'arrive pas à faire coïncider ces deux images et je m'éloigne de lui, inexorablement. Il le sent et sa peur de me perdre le rend encore plus difficile. Il est désormais jaloux de toutes et de tous, même de ses propres enfants. Notre différence d'âge lui pèse, il se regarde dans le miroir, recherchant dans son reflet les traces de sa jeunesse. La nuit, de terribles cauchemars le réveillent : il rêve que je le quitte, et même si je ne le vois jamais pleurer, il a parfois les yeux rouges. Je ne parviens plus à le rassurer. Le jour, d'humeur sombre, il me reproche mon désordre, lui qui est ordonné jusqu'à la maniaquerie et qui range dans la salle de bains ses brosses à angle droit sur un Kleenex plié. Plus il est injuste et colérique, plus je suis fuyante. Je vais jusqu'à m'inscrire à un cours de danse pour avoir enfin quelques heures de répit.

C'est ainsi que j'en viens à préférer les moments où il est loin de nous, même s'il me manque. Désormais, quand il n'est pas là, je me sens si légère que je comprends avec un vertige que notre histoire est terminée. Je sais que je ne reviendrai pas au Mexique. Mais je n'ose pas lui en parler, j'ai peur de sa réaction, peur de lui faire de la peine aussi.

Le jour où Arturo m'annonce qu'il a décidé de se retirer définitivement de la vie politique pour prendre sa retraite en Europe avec moi, je suis saisie d'un frisson. Il me dit qu'il aura tout son temps libre pour nous et c'est tout ce que je crains. Je sais qu'il faut que je lui parle mais j'en suis incapable. De jour en jour, je remets cette discussion pourtant incontournable.

Et puis un soir je suis rentrée à la maison et je l'ai trouvé l'air hagard, un dictionnaire de français ouvert sur les genoux. À la main, il tenait le journal intime auquel j'avais confié mes doutes, mon envie de liberté, l'amour qui s'en était allé.

J'ai beaucoup pleuré. Je lui ai demandé de m'accorder trois mois de réflexion avant de lui donner une réponse définitive. Il me les a accordés et il est reparti pour le Mexique.

Peu de temps après, j'ai rencontré Philippe. Je n'étais pourtant pas prête pour une nouvelle histoire, je n'avais jamais pensé refaire ma vie aussi vite. J'étais une maman seule avec trois petits, je ne sortais quasiment jamais, tout mon temps étant consacré aux enfants. J'étais à mille lieues de penser à l'amour. Mais tout a commencé dans la salle d'attente du bureau d'une de mes amies avec qui j'étais venue déjeuner. Alors que je patientais, j'ai senti un regard sur moi. De l'autre côté de la salle, un jeune homme aux yeux noirs et au teint mat me dévisageait. Le soir même, il demandait mon numéro de téléphone à mon amie. J'ai d'abord résisté. C'était trop tôt. Mais nous avons fini par nous revoir.

– Je ne peux pas, pas encore. J'ai besoin de temps, lui dis-je.

– Nous sommes faits l'un pour l'autre, me répondit-il.

Son assurance m'ébranla.

– J'ai trois enfants. C'est impossible.

– Je prends le package, me répondit-il avec un sourire.

Et je l'ai laissé entrer.

Pourtant, même sans cette rencontre providentielle, je ne serais pas revenue à Arturo. Notre histoire était terminée. Au bout de quelques mois, j'ai demandé le divorce. Je m'attendais à une explosion de colère mais il a accepté avec une étonnante facilité. Il était calme et conciliant. J'ai compris plus tard qu'il pensait que je finirais par changer d'avis. Comment, après avoir goûté au luxe, au pouvoir, à la vie trépidante qui avait été la nôtre, allais-je pouvoir me contenter de l'anonymat d'une existence banale et sans éclat ? Il attendait son heure pendant que je me jetais avec ravissement, justement, dans cette vie banale, cette vie toute simple qu'il méprisait.

Nous nous sommes revus pour signer le contrat ; j'appréhendais le face-à-face mais tout s'est déroulé courtoisement. D'après notre accord, j'avais la garde des enfants, leur lieu de résidence était fixé en France, il les prendrait pour les vacances de la Toussaint, de Noël, de Pâques et un mois l'été, c'est-à-dire la totalité des vacances d'été mexicaines qui sont plus courtes que les Françaises. Il pouvait évidemment les joindre quand il voulait et venir les voir à Paris entre les vacances. Nos avocats s'étaient mis d'accord sur une pension alimentaire généreuse et il avait mis à mon nom l'appartement parisien.

Je suis tombée enceinte de Philippe un peu plus tôt que prévu. J'étais mal remise de mon divorce et j'ai passé les premiers mois de ma grossesse à pleurer. Je devais prendre congé, en moi-même, de toute une tranche de ma vie. Philippe s'est installé avec nous à la maison et m'a demandé de l'épouser. Mais j'avais peur de faire de la peine à Arturo. Je me disais qu'on avait le temps, Philippe et moi. Rapidement, il est devenu la référence paternelle des enfants qui l'appelaient « Poupinou ». Beaucoup plus jeune qu'Arturo, il était très présent pour eux. Autoritaire, aussi, davantage que moi, il faisait régner l'ordre parmi mes trois enfants turbulents. Notre vie familiale, parfois un peu bruyante et excessive, était aussi joyeuse et généreuse.

Il y avait bien ces paparazzis qui faisaient le guet en bas de la maison. Pendant qu'Arturo se débattait contre ses accusateurs au Mexique, la presse à scandale s'en donnait à cœur joie avec la nouvelle vie de son ex-femme. Je savais à quel point les photos qui nous montraient, Philippe et moi, marchant main dans la main dans les rues de Paris le blessaient. Nous essayions de nous faire le plus discret possible, d'autant que cette médiatisation écœurait Philippe, qui avait horreur de vivre sous les projecteurs. Mais des photographes nous suivaient même au bois de Boulogne quand nous sortions avec les enfants, si présents, si agressifs, si insultants, même, que Philippe en vint aux mains avec l'un d'eux. L'homme fut ensuite condamné à s'excuser.

Il y avait bien eu, aussi, l'alerte de ce premier enlèvement, mais les choses semblaient rentrées dans l'ordre. Les paparazzi commençaient à se lasser et je communiquais autant que possible avec mon ex-mari. Je voulais que nous restions un couple de parents unis autour du bien-être de leurs enfants.

Il était impensable d'avoir le même train de vie à Paris qu'au Mexique. C'était impossible, bien sûr, car on ne vit pas à Paris, même dans les milieux les plus aisés, comme les privilégiés mexicains. Nous n'aurions ni lingère, ni chef cuisinier, ni chauffeur. Mes enfants prendraient le bus et le métro, ils iraient à l'école à pied, la presse ne serait pas conviée à leurs anniversaires… Pour ma part, le plus important était d'avoir du temps à consacrer aux enfants. Car nous venions de faire diagnostiquer l'autisme d'Alexi qui m'avait confortée dans ma décision de ne pas recommencer à travailler pour l'instant. Je voulais me consacrer à ma famille et à la très lourde prise en charge qu'exigeait l'état de mon fils.

– 9 –

Alexi

À deux ans et demi, Alexi ne parle toujours pas. Dans mon entourage, on commence à s'inquiéter mais je ne veux pas y prêter attention et parviens à me convaincre que c'est un enfant rêveur et distrait. J'ai connu des petits qui n'ont pas dit un mot avant l'âge de quatre ans et qui se portent bien à présent. Philippe est moins confiant que moi. Il est préoccupé par la bulle dans laquelle mon fils est enfermé, par ses sautes d'humeur aussi. C'est un petit garçon très nerveux, agité mais gai. Je le couvre d'attentions et de soins, persuadée que l'amour et le retour à une vie plus calme suffiront à l'apaiser. Mais les signaux se multiplient. Parfois, il semble que rien ne puisse l'atteindre. Il ne répond même pas à son prénom. Il a quelques idées fixes, notamment un dessin animé, *Kuzko*, dont il ne se lasse pas ; lorsqu'il est installé devant la télévision, le monde entier semble disparaître autour de lui.

Un jour, Philippe décide de tenter une expérience, à la fois pour vérifier qu'il s'agit bien d'un cas un peu particulier et pour me le prouver. Alors qu'Alexi est absorbé par *Kuzko*, il arrive discrètement derrière lui et baisse le son du téléviseur. Mon fils, impassible, concentré sur les images, ne réagit pas. Philippe s'approche alors de son oreille et claque les mains un grand coup. Aucune réaction, pas même un battement de cil. Philippe lève les yeux vers moi et nous échangeons un long regard inquiet à travers le salon. La surdité expliquerait-elle le problème d'Alexi ?

Nous prenons ensemble rendez-vous avec un médecin, le Pr Garabedian à l'hôpital Necker, pour un test auditif. Philippe est à mon côté. La séance se passe très mal, Alexi est tellement agité que le médecin ne parvient pas à procéder à l'examen. Il sera finalement obligé de le réaliser sous anesthésie générale. Je suis bouleversée et commence à entrevoir que la situation est plus difficile que je ne voulais l'admettre. À l'issue de ces tests, le professeur conclut qu'Alexi n'est pas sourd. Avec une infinie délicatesse, il me dit :

– Je ne peux pas me prononcer sur le diagnostic, mais je pense qu'il y a autre chose. Je vous recommande de consulter un pédopsychiatre. Je songe sans certitude à un trouble envahissant du développement. Je vous conseille de vous adresser à Sainte-Anne.

Pourtant, je sors rassurée de la consultation. Rassurée, ou en plein déni. J'affirme que si Alexi n'est pas sourd, c'est qu'il n'a rien. Je ne sais pas exactement ce que veut dire cette locution, « trouble envahissant du développement ». Philippe non plus mais il me pousse à prendre rendez-vous pour une consultation, comme le recommande le professeur. Ainsi je serai fixée. De retour à la maison, nous faisons quelques recherches sur Internet et je découvre ce que cachent ces mots : l'autisme. Je suis sonnée. Je refuse d'y croire.

Le diagnostic de l'autisme, de sa gravité et des spécificités du patient est long et difficile. Il va s'étaler sur trois semaines, plusieurs heures par jour. Le premier matin, alors que j'accompagne Alexi, je croise dans le couloir des enfants très sévèrement atteints qui me bouleversent. Je ne parviens pas à associer Alexi à ces petits. J'en retire à nouveau la preuve qu'il va bien.

Les examens doivent se dérouler hors de la présence du parent. Lorsque je quitte Alexi, il se débat, hurle, sanglote, dévoré par l'angoisse. Je m'éloigne à pas rapides dans les couloirs qui résonnent de ses cris, au supplice, le cœur chaviré. J'ai beau savoir que j'agis pour son bien, j'ai l'impression de le torturer. Ces trois semaines se passent dans une effroyable souffrance, pour lui comme pour moi. Je vis un cauchemar mais je me raccroche à l'espoir. On va me dire qu'Alexi va bien, j'en ai la conviction.

Je suis convoquée, le dernier jour, par le médecin qui a supervisé la semaine. Il m'annonce son diagnostic : Alexi est autiste. Le monde s'écroule.

Aussitôt à la maison, une fois les enfants couchés et l'heure venue de communiquer avec le Mexique, j'appelle Arturo, que j'avais informé de mes démarches et qui doit attendre le résultat avec angoisse. Il réagit avec calme, ne paraît pas surpris, comme s'il avait deviné et accepté avant moi les spécificités de notre petit garçon. Nous parlons longuement du suivi possible, de l'espoir que j'ai déjà de l'aider à progresser. J'ai passé plusieurs heures sur les sites Internet dédiés à ce handicap dont je vais entreprendre une véritable exploration. Je n'ai pas encore digéré la nouvelle que déjà je cherche comment aider Alexi à surmonter son handicap grâce à des soins adaptés et des sollicitations constantes et appropriées. Car si on ne peut pas guérir l'autisme, on peut toutefois en améliorer énormément les symptômes.

Lors du séjour suivant des enfants au Mexique, Arturo fait réaliser à son tour un diagnostic par le médecin de son choix qui aboutit à la même conclusion. Toutefois, le rapport à la maladie n'est pas le même qu'en France. On prescrit à

Alexi de très fortes doses de Ritaline et de Risperdal pour juguler son agressivité et c'est un Alexi complètement shooté que je retrouve à l'issue des vacances. Horrifiée, je le regarde errer comme un zombie à travers la maison, les yeux mi-clos. Je suis réticente à l'usage de ces médicaments, en tout cas à cette dose, mais il ne s'agit pas de traitements qu'on peut arrêter ou reprendre à sa guise. Modifiant l'humeur, ils doivent être pris avec une grande régularité. Je consulte le pédopsychiatre qui suit Alexi pour trouver les équivalents français des médicaments prescrits au Mexique et je me résous à droguer mon fils, tout en diminuant très progressivement les doses. Mais il est vrai que plus Alexi grandit, plus il est difficile. Il est parfois extrêmement violent et n'est pas capable de contenir ses émotions, qu'elles soient positives ou négatives. Il s'en prend souvent violemment à moi ou à ses nounous. Rarement à ses frère et sœur, heureusement, qui souffrent pourtant de la situation. Embarrassés par les crises de leur petit frère, par les scènes qu'il est susceptible de faire à tout instant, ils sont également jaloux de l'attention constante qu'il reçoit.

C'est à ce moment que je débute une nouvelle grossesse à laquelle je ne parviens pas à me consacrer, tant je suis mobilisée par mon plus jeune fils. Alexi fait plusieurs crises de colère par jour au cours desquelles il tape des pieds, se jette par terre et mord ou arrache les cheveux de ceux qui osent l'approcher. La moindre frustration, parfois imperceptible, est source d'une angoisse qu'il ne parvient pas à gérer. Il attaque parfois les étrangers qui entrent chez nous. J'essaie de toujours garder mon calme, de l'apaiser pour le guider et lui enseigner comment contenir ses émotions. Je porte la trace de ses crises partout sur le corps, j'ai les jambes et les bras couverts de bleus. J'ai parfois l'impression qu'on me punit de quelque chose, mais je ne sais pas de quoi. Notre vie quotidienne est très dure, pleine de bruit et de fureur. Mais je ne baisse pas les bras. Je suis certaine qu'une amélioration est possible. Je dévore tout ce qu'il est possible de trouver sur l'autisme et je m'entoure de spécialistes pour nous aider. On m'explique ce que j'avais deviné : ces manifestations de violence correspondent à des excès de colère ou de joie qu'il ne sait ni contenir ni contrôler. C'est ce que je m'efforce de faire comprendre à mon père qui vient nous rendre visite et qu'Alexi accueille en se ruant sur lui pour lui mordre le ventre : c'est la manifestation d'une joie débordante…

Son incapacité à communiquer, parce qu'il ne parle pas, s'exprime par une montée de stress qui aboutit à de la violence. Alexi ne peut pas se concentrer plus de quelques minutes d'affilée, il ne tient pas en place, est incapable d'écouter une histoire ou de faire un jeu. Les tests me montrent qu'il a deux ans de retard en matière de langage et de compréhension. Il souffre de troubles de l'interaction sociale, ce qui l'isole des jumeaux. Incapable de tenir un stylo, il n'est pas intéressé par le dessin. Il passe des heures à taper sur les murs, les lits, les tables, armé de n'importe quel objet. Nous nous habituons à vivre en permanence avec ce bruit monotone et régulier. Les lits des enfants sont défoncés par ses coups répétitifs, à tel point que je vais devoir les remplacer.

Pourtant, je refuse de l'isoler, de le mettre à l'écart de notre vie de famille. Pour remonter le moral des troupes, je les emmène faire la tournée des parcs d'attractions. Nous allons souvent à Disneyland, et tant pis si cette dame dans le RER me demande sèchement de faire cesser le tapage d'Alexi comme s'il était mal élevé. Tant pis si je dois parfois le traîner, hurlant et gesticulant, entre les manèges. Parce que leurs rires à tous les trois lorsqu'ils sortent du train fantôme suffisent à me faire reprendre courage et goût à la vie.

Je garde le cap, concentrée, sans pouvoir systématiquement améliorer la situation qui est très difficile pour ses aînés. Sofia, toujours en quête de tendresse, d'affection et d'attention, en souffre tout particulièrement. Après des journées entières à gérer au mieux les crises d'Alexi, il nous reste parfois peu de patience pour les jumeaux.

Je crains pour l'enfant à venir. À mesure que mon ventre devient plus visible, l'agressivité d'Alexi se concentre dessus. Lorsqu'il fait une crise, il m'attaque, me griffe, me frappe l'abdomen.

Je ne parviens que difficilement à le maîtriser, je dois souvent appeler Philippe à mon secours. C'est une période très dure. Mais paradoxalement, cela tisse un lien indéfectible entre le bébé et Alexi. Comme si elle avait perçu à travers la paroi de mon ventre que le trop-plein d'émotions de son aîné était une manifestation de son amour, Tara sera toujours très attachée à son grand frère.

Autour de moi, tout le monde est sceptique quant au potentiel de développement d'Alexi. Plus ou moins délicatement, on me suggère de ne pas y mettre trop d'espoir. Mais j'ai l'intime conviction qu'il peut évoluer, progresser. Je suis persuadée que si je m'entoure des meilleurs médecins, si j'explore toutes les méthodes disponibles, je trouverai le moyen d'aider mon fils à progresser. Quand on se bat, on parvient toujours à quelque chose.

La prise en charge d'Alexi est très complète. Il est suivi à Sainte-Anne ainsi qu'au centre médico-psychologique du XVIe arrondissement. Je fais également appel à une association spécialisée qui intervient à domicile l'après-midi. Tous les matins, il fréquente l'école maternelle. Il est donc stimulé et encadré huit heures par jour, il a un véritable emploi du temps de ministre ! Il rencontre chaque mois la pédopsychiatre, et toutes les semaines sa psychomotricienne, son orthophoniste et sa psychologue. Au début, personne ne croit qu'il pourra s'adapter à l'école, on tente de me convaincre de l'inscrire dans un établissement spécialisé. Mais je suis tenace, je veux qu'on nous laisse tenter notre chance. Mon fils a droit à une vie normale. Bien qu'ayant conscience que cela exigera des sacrifices de sa part et de la mienne, je suis prête à tout pour réussir. C'est aussi très lourd à porter pour Philippe, dont Alexi n'est pas le fils, et qui accepte pourtant une vie familiale parfois très difficile.

Pour m'améliorer, j'entreprends une formation au PECS (Picture exchange communication system), un système de communication par échange d'images. C'est une méthode américaine, développée dans les années 1990 dans le cadre d'un programme pour enfants autistes, qui consiste à permettre à des personnes ayant une incapacité à la parole de communiquer d'une manière fonctionnelle et autonome. Je participe à des ateliers avec d'autres parents qui m'aident beaucoup. Je suis une autre formation formidable, à laquelle Alexi doit l'essentiel de ses progrès : il s'agit de l'ABA, en français Analyse appliquée du comportement. Le principe est d'apprendre à l'enfant à exécuter des chaînes d'actions cohérentes plus faciles à appréhender. Se laver les mains sera décomposé de la façon suivante : ouvrir le robinet, mouiller ses mains, prendre le savon, frotter, reposer le savon. Chaque réussite est sanctionnée d'un « renforçateur », une friandise, un cadeau ou un simple bravo. Chaque échec est corrigé de façon très neutre. Certaines personnes dénoncent cette méthode, l'assimilant à du dressage de chien. Je ne suis pas psychologue et mon opinion est très terre à terre : Alexi s'est sorti de son très grand isolement, a réussi à accomplir petit à petit tous les actes qui permettent une vie en société harmonieuse grâce à cette méthode, et j'en suis très reconnaissante.

En parallèle, je le stimule également beaucoup pour lui permettre d'accéder au langage. C'est ainsi qu'à quatre ans il prononce sa première phrase intelligible : « Ai soif. » C'est une grande victoire. À partir de là, il développe rapidement ses capacités orales et, à cinq ans, son langage s'est largement amélioré.

Je n'ai jamais perdu confiance dans ses possibilités, même si c'est une bataille éprouvante pour lui comme pour moi. Parfois, il serait peut-être plus reposant de tout laisser tomber, mais tous les deux nous sommes voués corps et âme à ce combat. Ce faisant, Alexi acquiert de la rigueur et de la discipline dans le travail. J'ai l'impression qu'il a une conscience aiguë de ses difficultés et qu'il est prêt lui aussi à se donner du mal. Nous remportons notre deuxième victoire lorsqu'il intègre le CP sans retard. Il débute l'apprentissage de la lecture sans trop de difficulté, mais l'écriture est encore difficile car sa motricité fine est déficiente. Pourtant, j'ai conscience du résultat magnifique que nous avons atteint. Personne ne l'en croyait capable, il n'y a encore pas si longtemps ; or il part tous les matins avec son cartable sur le dos pour une journée d'école comme les autres enfants. Et il progresse, chaque jour. Grâce à notre acharnement, il a pris goût à l'apprentissage. Sans rechigner, il fait des devoirs supplémentaires, enchaîne après de longues journées de classe ses divers rendez-vous avec des thérapeutes, plein de bonne volonté. Il est accompagné d'une auxiliaire de vie le matin et d'une assistante de vie scolaire l'après-midi, toutes les deux encadrées par une psychologue clinicienne qu'il voit lui-même une fois par semaine. Il devient studieux, davantage que son frère et sa sœur pour qui les choses sont beaucoup plus faciles et qui n'ont pas besoin de se donner tant de peine. Mais il reste émotionnellement fragile, sujet à de grandes crises d'angoisse ou de désespoir.

Le voilà à présent arraché à son environnement familier, privé des soins et de la stimulation ferme et bienveillante qui lui permettait de progresser. Je ne peux supporter l'idée de ce gâchis. Tant d'efforts accomplis ensemble ont été réduits à néant par l'inconséquence de son père.

– 10 –

PREMIERS TEMPS SANS LES ENFANTS

Les semaines passent et les enfants ne reviennent pas. Le jour, je traverse la ville en tous sens au volant de ma petite voiture, mon portable toujours à portée de main, active, infatigable, tenace, très souvent accompagnée de Philippe. Mais la nuit… La nuit, je fixe mon téléphone parce qu'en raison du décalage horaire les enfants sont réveillés et que, peut-être, ils vont me téléphoner. Je pense que je ne pourrai plus jamais dormir. Quand je ferme les yeux, j'entends leurs voix qui m'appellent. L'idée que je leur manque, qu'ils doivent se demander pourquoi je ne viens pas les chercher m'est insupportable.

Les vacances sont finies, aussi chaque matin dois-je me lever et m'habiller pour conduire

Tara à l'école. Cette école vers laquelle j'allais jusque-là entourée d'une troupe turbulente de quatre enfants, je m'y rends à présent en serrant fort la main d'une fillette triste et silencieuse. Tara aussi dort mal. Chaque nuit, ou presque, elle se réfugie dans notre lit et se serre contre moi. Attentive et inquiète, elle absorbe comme une éponge l'atmosphère d'angoisse, l'ébullition toujours suivie d'abattement qui règnent à la maison. C'est ainsi qu'elle va grandir, que se passeront des années si importantes pour sa construction, dans l'inquiétude permanente où baigne désormais notre foyer. Tara a perdu d'un coup ses trois aînés. De petite dernière d'une famille chahuteuse, la voilà brutalement enfant unique et elle en pleure dans le secret de sa chambre. Mais je n'ai pas assez d'énergie, en ces premiers jours du moins, pour la protéger. Je fais ce que je peux et c'est dans un brouillard de tristesse que je marche chaque jour vers l'école.

Puis je rentre dans la maison vide, comme une automate, et je reprends la tournée des amis, des écoles, des connaissances, des thérapeutes. La pédiatre refuse de se mouiller, mais l'ORL, Bruno Mirabel, très sensibilisé au problème de l'autisme, horrifié d'apprendre qu'on a arraché Alexi à son environnement familier et à sa mère, rédige un long courrier extrêmement détaillé. Il parle d'Alexi et de moi avec tant de sensibilité que j'ai du mal à retenir mes larmes. Il écrit noir sur blanc ce que saigne mon cœur depuis maintenant plusieurs semaines : l'équilibre d'Alexi est très gravement mis en danger par cet enlèvement. Ce petit garçon n'est pas capable de gérer un tel traumatisme. C'est une terrible violence qui lui est faite.

Après six semaines d'effort, nous avons réussi à réunir quatre-vingt-neuf courriers attestant des conditions de vie des enfants que je porte au bureau d'entraide, le cœur battant. Depuis le 1er janvier, ce dossier constitué pas à pas compose tout mon horizon. Je savais que tant qu'il n'était pas complet je ne reverrais pas mes enfants. Alors à présent, j'ai l'impression que je touche au but, que mon dossier aura le pouvoir magique de les matérialiser auprès de moi. Je déchante vite. La femme qui me reçoit me remet à ma place : janvier, c'est le pic des enlèvements, me dit-elle d'une voix lasse. Ils ont sept cents cas sur les bras, le mien n'est certainement pas prioritaire. Non, ils n'envisagent pas d'action particulière. Non, il n'y a pas de nouvelle de mon dossier déposé le 2. Non, il n'y a rien à faire d'autre qu'attendre et s'armer de patience.

Je repars en titubant. Attendre ? Mais qui dira le manque, physique, d'être privée de la chair de sa chair ? Qui dira l'envie presque animale de toucher leur peau tiède, de respirer leur odeur ? Qui dira la douleur ? Je serre les dents et je rentre chez moi.

*
* *

Vers la mi-février, le bureau d'entraide me signale que ma plainte a été réceptionnée par le bureau mexicain et qu'Arturo en a été notifié.

– Seulement maintenant ? Mais j'ai signalé l'enlèvement des enfants le 2 janvier !

– Ah, mais il fallait le temps que ça arrive…

Je comprends avec consternation que mon dossier a été envoyé en courrier lent. La lettre a mis trente-cinq jours à traverser l'océan. Nous avons perdu trente-cinq jours ensemble – à l'époque, je compte encore en jours ; j'ignore, heureusement, que bientôt je pourrai compter en mois, puis en années. Là, j'ai l'impression qu'on vient de me voler trente-cinq jours, trente-cinq journées avec mes enfants, trente-cinq journées qui ne reviendront pas.

– J'aurais payé un DHL overnight, la lettre serait arrivée dès le lendemain, pourquoi ne m'avez-vous rien dit ?

Au téléphone, la femme soupire.

– On fait toujours comme ça.

– Mais vous avez des enfants, madame ?

Le silence seul me répond. Elle ne veut pas se mettre à ma place. Ici, on me traite comme si j'avais, d'une façon ou d'une autre, mérité ce qui m'arrive. Je n'avais qu'à pas épouser un étranger.

Je n'avais qu'à pas tomber amoureuse de l'un des hommes les plus puissants du Mexique, voilà ce que je crois les entendre penser. Je l'ai bien cherché. Je tremble de frustration. Il kidnappe trois enfants et c'est moi qu'on traite comme une criminelle ? Mais il ne sert à rien de se battre contre des moulins, je renonce à me faire comprendre de cette femme qui refuse l'exercice de la compassion. Comme chaque fois, je raccroche brisée d'avec ce bureau d'entraide qui porte bien mal son nom.

Quelques jours plus tard, alors que je suis à la maison, le soir, mon téléphone sonne. C'est Arturo. C'est la première fois qu'il donne signe de vie depuis le départ des enfants. Je tâche de maîtriser les sanglots qui me secouent, je ne veux pas l'énerver et courir le risque qu'il raccroche, qu'il disparaisse à nouveau. J'ai peur du silence. Je me fais douce. Je lui demande si je peux parler aux enfants. Il refuse. S'ils vont bien, il acquiesce, sans donner de détails.

– Et Alexi ?

Ma voix se brise.

– Ça va, Alexi va bien. Je t'appelle, Maude, pour te proposer quelque chose.

– Oui ? Dis, Arturo, dis-moi.

Et c'est là que mon ex-mari, celui qui a été ma plus grande histoire d'amour avant que je ne rencontre Philippe, me fait cette ahurissante proposition.

– Donne-moi un prix.

J'en reste sans voix. Puis je réponds doucement :

– Tu es devenu fou. Les enfants ne sont pas à vendre.

– Combien veux-tu ? Allons, Maude, sois raisonnable.

Je murmure :

– Comme tu me connais mal. Laisse-moi parler aux enfants s'il te plaît.

Il raccroche avec colère.

*

* *

L'attente, ce sont des montagnes russes. Des sentiments très forts, presque d'extase, quand soudain une toute petite chose, un détail, une nouveauté dans l'affaire, ou même un signe, une superstition nous font croire à nouveau. Suivis chaque fois d'une déception si brutale qu'on pense que l'on n'y survivra pas. Pourtant, on survit. C'est cruel, mais on survit.

*

* *

Fin février, deux mois après le départ des enfants, je suis très affaiblie physiquement. J'ai perdu beaucoup de poids car, comme toujours en cas de stress intense, quelque chose en moi se cadenasse et je n'arrive plus à m'alimenter. Je ne dors pas non plus. Je vais de bureau en bureau, demandant de l'aide, et on me tapote la main en me poussant plus ou moins gentiment vers la sortie.

– Allons, calmez-vous, madame. Il faut être patiente. Il faut attendre.

Personne ne me guide, personne ne me dit ce qu'il faut faire. Quand je suis seule, les questions tournent dans ma tête. Qu'est-ce qu'ils font, là, maintenant ? Comment s'endorment-ils le soir ? Dans quelle école vont-ils ? Est-ce qu'ils sont tristes de ne pas me voir ? Qui les console ? Leur lit-on des histoires le soir ? Est-ce qu'ils ont des amis ? Et enfin, surtout, la question qui me hante : m'ont-ils oubliée ?

Puis l'espoir revient par vagues si fortes qu'il m'empêche presque de respirer. Arturo va se ressaisir, c'est impossible que ça m'arrive, pas à moi, pas à nous. Tout allait bien, pourtant, depuis le divorce. J'ai tout fait pour que ça se passe bien, tout. Il va se calmer, son entourage lui dira qu'on ne peut pas arracher des enfants à leur mère. Que c'est mauvais pour eux. Mauvais pour lui, aussi, pour leur relation future, pour son image également. C'est interdit par la loi, c'est un kidnapping. Quelqu'un va le lui dire et on se réveillera tous de ce cauchemar.

Mais le cauchemar continue. Et cet homme dont j'ai tant admiré la puissance, le pouvoir et les qualités de lutteur va nous broyer dans son poing.

*

* *

Les enfants me manquent tous les trois, mais parfois l'un ou l'autre prend la première place dans mes pensées. Je revois ma Sofia, son sourire malicieux, sa tendresse, son immense besoin d'affection. Je me souviens qu'un jour elle pleurait parce qu'elle craignait qu'on ne l'aime plus, maintenant que Tara était née et qu'elle n'était plus la seule petite fille de la maisonnée. À la pensée des grosses larmes qui roulaient sur ses joues comme des perles, une main de fer étreint ma poitrine et je crois un instant que je ne vais pas pouvoir reprendre mon souffle. Si elle pleure, à présent, qui va la consoler ? L'instant suivant, c'est Adrian, assis au bord de la baignoire, qui me regarde me préparer pour ce dîner de pré-réveillon, le dernier que nous avons passé ensemble. De son air grave de petit garçon, il me complimente avec sérieux sur mon ombre à paupières. « Tu es belle maman », disait-il. Puis c'est au tour d'Alexi. Mon idée fixe, celle qui me hante, c'est le temps perdu dans son traitement. Le fait de l'imaginer privé de moi m'est insupportable. Je n'ai pas la garantie qu'il est là-bas accompagné d'autant de soins qu'ici. Je soupçonne qu'on aura plutôt tendance à se débarrasser du problème en augmentant ses doses de médicaments pour juguler ses crises d'anxiété et d'agressivité. C'est un tel gâchis. Je me suis tant battue, et lui aussi, il s'est tellement battu ! Combien de temps vont-ils mettre à saccager ces résultats ? Accompagner un enfant comme Alexi demande du temps, du dévouement, de la constance. Qui va s'en charger ? Son père, débordé et distant ? Sa belle-mère, dont ce n'est pas l'enfant et qui est trop occupée par ses activités de représentation ? Une nounou quelconque, payée et indifférente. J'enrage. Je me dis que s'il revient vite, je parviendrai peut-être à rattraper le retard, à limiter la casse. Il faut qu'il soit de retour rapidement pour ne pas compromettre son passage en CE1, c'est mon idée fixe pour l'instant, alors que l'hiver avance et que je n'ai pas entendu la voix de mes enfants depuis 43 jours.

*

*   *

Toujours en cette fin du mois de février, je reçois enfin le dossier complet de la part des avocats d'Arturo. Comme Philippe et moi l'avions deviné, nous sommes accusés de mauvais traitements.

Arturo a organisé un procès en décembre à Metepec, quelques jours seulement après l'arrivée des enfants au Mexique, à l'issue duquel il a obtenu la garde provisoire. Je découvre avec horreur qu'il a fait témoigner les enfants contre Philippe et moi. Parmi les pièces jointes au dossier, il y a notamment une vidéo de leur déposition. Interloquée, très choquée, je refuse de la visionner. Je suis incapable de me confronter à cette réalité que je n'arrive pas à appréhender. Philippe, lui, la regardera seul et en sortira ravagé. Nous ne comprenons pas. Je me torture. Avons-nous été trop durs ? Étaient-ils malheureux à la maison ? Je n'y crois pas un seul instant ! C'est vrai que l'ambiance était parfois difficile, les jalousies étaient fortes dans la fratrie et il n'est pas aisé de recomposer harmonieusement une famille avec quatre enfants, deux cultures, deux religions. Nous avons fait des erreurs, peut-être. Mais lorsque je replonge dans mes souvenirs, je revois leurs visages heureux ; j'entends leurs rires malicieux ; je me souviens des parties de cache-cache dans l'appartement. Nous étions une famille pleine de gaieté et d'amour. Je ne comprends pas. Au lieu de regarder ces bandes qui vont crucifier mon cœur de mère, je me replonge dans mes archives et je pleure en regardant nos films de vacances : tous les six déguisés, nous dansons dans le salon. Sofia, brunie par le soleil, m'offre un spectacle. Les voilà tous les trois qui font des bombes dans la piscine ou construisent des cabanes dans le salon. Et cette dernière image, terrible, du spectacle de fin d'année de leur école, où ils défilent en tee-shirt aux couleurs de l'Europe pendant que Philippe et moi, debout, applaudissons. Je n'arrive pas à faire coller ces images avec les faits décrits dans le dossier. On verra ça plus tard, me dis-je. Quand ils seront rentrés. Quand ils seront là.

Lorsque je suis seule et que les démarches pour récupérer les enfants m'en laissent le loisir, je ressasse l'enchaînement des faits, obstinée, pour tenter de comprendre leur déroulement inexorable jusqu'à l'enlèvement. Ma pensée secrète, intime et inutile est : *Qu'est-ce que j'aurais pu faire pour éviter ça ?* C'est absurde, bien sûr, il est trop tard, mais je ne peux pas m'en empêcher et je me torture.

L'année passée, en décembre 2010, Philippe, Tara et moi étions partis pour les vacances de Noël dans le sud du Mexique pendant que les trois grands étaient chez leur père. Nous étions là depuis quelques jours quand Arturo m'avait téléphoné. Aussitôt inquiète qu'il soit arrivé quelque chose aux petits qui ne quittent pas mes pensées quand ils sont chez lui, je répondis précipitamment. Il demandait à me voir.

– Rien de grave ? l'interrogeai-je.

– Rien de grave. J'aimerais juste avoir une petite conversation avec toi. Accepterais-tu que je vous rejoigne à Tulum ?

Étonnée, j'acceptai. Je pensais qu'il était peut-être temps qu'il rencontre Philippe qu'il ne connaissait pas, et Tara qu'il n'avait encore jamais vue que par Skype, mais j'étais un peu inquiète ; j'appréhendais toujours les réactions d'Arturo.

Il arriva quelques heures plus tard dans son avion privé et me retrouva pour déjeuner en tête à tête au restaurant de l'hôtel. Nous étions convenus que Philippe nous rejoindrait pour le café. Nous parlâmes d'abord des enfants, de l'état d'Alexi, de la passion d'Adrian pour l'Égypte, de la douceur de Sofia. Une banale discussion de parents séparés. Puis il en vint au but de sa visite : il souhaitait avoir la garde des enfants. Je m'effondrai immédiatement.

– C'est trop tôt, ils sont trop petits. Cinq et six ans, c'est trop jeune pour être séparés de leur mère. Pour moi aussi c'est trop tôt, je ne le supporterais pas. Et puis nous sommes une famille, tu sais. Ils sont très attachés à Tara et c'est réciproque. Laisse-les grandir encore un peu. Plus tard, nous pourrons leur poser la question et en reparler.

Arturo m'écouta et sembla entendre raison. C'est à ce moment que Philippe et Tara arrivèrent. Philippe vit tout de suite que j'avais pleuré. Je lui fis part du souhait d'Arturo, qu'il trouva légitime. Il proposa à mon ex-mari de venir passer le mois d'août dans une propriété voisine de celle où nous allions passer l'été, et il pourrait ainsi voir les enfants tous les jours. Les deux hommes se serrèrent la main en se jaugeant et nous nous séparâmes en nous promettant d'en reparler plus tard, dans quelques années.

J'avais gardé une sourde inquiétude de cette discussion, mais je croyais avoir réussi à désamorcer le danger. Je pensais Arturo encore très attachée à moi et je n'imaginais pas qu'il pourrait me faire tant de mal. J'avais continué à avoir confiance en lui durant toute l'année suivante, alors qu'il l'avait consacrée à préparer dans les moindres détails le rapt des enfants, ainsi que je le comprends à présent. Il avait simplement attendu d'être enfin blanchi des procès qui s'éternisaient et qui lui empoisonnaient l'existence depuis plus de quatre ans, puis il avait frappé.

C'est durant ce même mois de février que je vais comprendre enfin l'ampleur de sa machination. Pour moi, c'est un véritable électrochoc qui va soudain donner aux événements des derniers mois une tout autre couleur. À ce moment-là, les enfants sont partis depuis sept semaines. Certains jours, je passe la matinée entière dans mon lit à pleurer, jusqu'à l'heure où il faut que je m'en arrache pour aller chercher Tara à l'école. Cette fois, j'ai réussi à me lever. Je suis en train de me préparer quand le téléphone sonne : je suis convoquée à la brigade des mineurs.

Je m'y rends dans l'après-midi. Le lieutenant R. me reçoit dans son bureau et me raconte qu'en juin dernier Carla et Martina, les deux nounous que j'employais, ont déposé au commissariat une main courante nous mettant en cause, Philippe et moi, pour mauvais traitements à l'encontre des enfants. Comme c'est la règle, la main courante a été transmise à la brigade des mineurs qui s'est présentée chez moi quelques semaines plus tard, au milieu du mois d'août.

– Mais j'étais en vacances ! La gardienne de l'immeuble m'a en effet prévenue qu'un policier m'avait demandée pendant l'été. J'ai appelé le commissariat du XVIe, ils n'étaient au courant de rien, et j'ai donc cru à une erreur de sa part.

Le signalement des nounous n'évoquant rien de dramatique, notre dossier n'était pas prioritaire (encore une fois) et ce n'est qu'aujourd'hui qu'on m'a recontactée.

– Eh bien c'est trop tard, lui dis-je amèrement, comprenant qu'Arturo a utilisé les nounous qu'il recrutait lui-même pour mieux me nuire. Le père a enlevé les enfants le 1er janvier.

Je demande à voir la main courante. Tandis que je la parcours, chacune des accusations délirantes tombe comme une pierre dans mon cœur. Le lieutenant essaie de me consoler : mon cas est classique, le parent kidnappeur accuse très souvent l'autre de mauvais traitements, or il est parfois presque impossible de se laver de ce soupçon. Nous passons un long moment ensemble à discuter. Il me raconte qu'enfant il a lui-même été victime d'un enlèvement parental. Son père l'a privé de sa mère pendant de longues années et il sait bien les ravages que cela peut causer. On n'atterrit pas à la brigade des mineurs par hasard…

Mais au bas de la main courante, je reconnais soudain un nom qui fait monter le sang à mon visage : Valérie Pennel. Sur le procès-verbal, elle est présentée comme la traductrice des nounous. Mais j'ai déjà vu cette signature sur d'autres documents officiels. Valérie Pennel, avocate de son état – ce qu'elle s'est bien abstenue de mentionner aux policiers, or c'est un délit de dissimuler cette qualité –, est l'associée du cabinet français qui représentait Arturo dans notre divorce. Bouleversée par cette manigance, je reste sans voix. Le lieutenant prend note, garde copie du dossier réunissant les quatre-vingt-neuf lettres de soutien que je lui ai apporté et me raccompagne en me souhaitant bon courage. Trois mois plus tard, la plainte sera classée sans suite par le procureur de la République, une décision capitale pour la suite des événements.

Je repars désespérée de la brigade des mineurs en me disant que si seulement j'avais eu connaissance de cette main courante, j'aurais deviné, peut-être, ce que tramait Arturo. L'idée qu'il soit allé jusqu'à commanditer son cabinet d'avocats pour conduire mes nounous au commissariat me rend malade.

Depuis le premier enlèvement, Arturo recrute et m'envoie nos nounous. Elles sont systématiquement originaires de son État. Ce sont des jeunes filles simples et peu éduquées, mais douces et bonnes avec les petits. Comme c'est moi qui vais vivre avec elles et qu'elles vont veiller sur les enfants, je suis associée au processus de recrutement. Mon contact pour tout ce qui concerne la gestion familiale est Onesimo. En effet, depuis mon départ pour la France, mon ancien secrétaire particulier est devenu l'homme de confiance d'Arturo. Je le connais bien, je me fie totalement à lui, il est devenu avec le temps un rouage important dans notre fonctionnement. Il me fait donc en général parvenir une présélection de CV de jeunes filles prêtes à venir travailler en France pour un an et demi. Les deux premières, Gabriella et Rosanna, ont été des membres à part entière de la famille. Elles sont reparties à Noël 2009 et ont été remplacées par Carla et Martina. Ce sont elles qui ont fait le signalement au commissariat et également elles qui ont témoigné, par écrit, lors du procès organisé par Arturo à Metepec à mon insu et en mon absence. Trois ans plus tard, je recevrai sur Facebook un mot d'excuse bouleversant venant de Carla. « Je n'ai pas eu le choix », m'écrira-t-elle. Je l'ai pardonnée car je sais que c'est vrai. Qu'Arturo les ait payées ou épouvantées, voire peut-être les deux, je sais qu'elles n'ont pas eu le choix.

En juillet dernier, Carla et Martina sont rentrées définitivement chez elle avec les enfants qui partaient pour l'été, et deux nouvelles nounous devaient arriver en septembre. J'ai appelé Onesimo pour qu'il m'envoie les CV des candidates.

– J'ai trouvé des filles très bien, madame. Elles seront là en septembre.

– Formidable. Envoyez-moi les CV, ai-je répondu, puis nous avons parlé d'autre chose avant de raccrocher.

Fin juillet, les enfants sont rentrés du Mexique et j'ai repensé aux CV que je n'avais pas reçus. J'ai envoyé un mail de rappel à Onesimo, puis nous sommes partis en vacances. Début septembre, les nouvelles nounous ont débarqué et m'ont tendu elles-mêmes leurs références. L'une d'elles m'a étonnée.

– Mais vous n'êtes pas nourrice !

En effet, elle avait occupé différents postes au sein des organismes du gouvernement d'État, en général en tant que secrétaire.

– Non, mais j'adore les enfants ! Je viens d'une famille nombreuse et j'ai toujours aimé m'occuper des petits.

– Je suis très gênée. Je peux être amenée à vous demander de faire le ménage, les courses, des tâches qui ne vous plairont peut-être pas.

– Oh, j'adore faire le ménage, m'a-t-elle répondu.

Je ne crois pas reconstruire le passé en disant que cette femme m'a immédiatement déplu. Pour travailler, elle portait une blouse blanche et elle avait toujours son portable dans la poche, les écouteurs dans les oreilles. J'ai parlé d'elle avec Philippe, je lui ai dit qu'elle me paraissait fausse et hypocrite et, surtout, que j'avais l'impression qu'elle nous espionnait pour le compte d'Arturo.

– Eh bien, qu'elle espionne, s'ils n'ont rien d'autre à faire ! Que veux-tu qu'elle voie ici ? Tu crois que notre vie de famille a le moindre intérêt ?

Avec le recul, évidemment, je comprends bien ce qu'elle faisait. Elle prenait tout en photo pour nourrir le dossier qu'Arturo constituait. Les enfants rentrant trempés d'une balade au bois de Boulogne devenaient de pauvres petits qu'on envoyait dehors mal couverts ; les fessées, inévitables dans une famille nombreuse, étaient assimilées à des mauvais traitements ; si l'une de nos filles portait un jogging alors que l'autre avait une robe, c'était la preuve que nous traitions les enfants de manière inégale... Onesimo, qui m'avait envoyé cette femme et s'était bien gardé de me montrer son CV, savait parfaitement ce qu'elle faisait là. Il n'ignorait pas que je ne l'aurais pas engagée si j'avais vu ses références avant. Cette trahison, de la part d'un jeune homme qui me doit tout et que je croyais mon ami, me blesse profondément. Par ambition, pour protéger son salaire et son poste, il n'a pas hésité à introduire un poison dans mon foyer. Carla et Martina, qui ont grandi dans des taudis, n'avaient pas les armes pour se défendre contre Arturo. Onesimo, lui, je ne peux lui pardonner.

– 11 –

SAP

Les enfants me manquent et j'ai l'impression que mon dossier n'avance pas. Mon impuissance me rend folle. Je sais où ils sont, il suffirait d'y aller… Mais j'ai peur. Peur de ce qui pourrait m'arriver. Peur pour ma vie, je dois l'avouer. Mes frères et sœurs non plus n'acceptent pas de se rendre sur place, malgré mes prières. On ignore à quoi est prêt Arturo. Durant les premiers mois de notre séparation, les seules nouvelles que j'ai des enfants me parviennent du consul de France, Gérald Martin. Il tente tout ce qu'il peut pour faire le lien entre les enfants et moi, il se rend tous les trimestres à la résidence du gouverneur. Chaque fois, il leur apporte des dessins de Tara, des photos et des cadeaux que je lui envoie pour les enfants. Mais les comptes-rendus qu'il me fait de ses visites sont terribles pour le cœur d'une mère. J'apprends que les enfants appellent la nouvelle femme de leur père « maman » et que lorsqu'ils parlent de moi, ils disent « Maude ».

– Ils sont très hostiles, Maude, très remontés contre vous, me dit Gérald Martin, au supplice.

Ils refusent les dessins de leur sœur, les photos que je leur envoie. Ils disent du mal de moi, racontent que j'ai volé leur père, que je ne les aime pas, que je voulais les mettre en pension et me débarrasser d'eux, qu'ils sont mieux là où ils sont. Ils disent qu'ils ne veulent pas me revoir. Les conditions des visites sont particulières, le consul n'a pas l'autorisation de voir les enfants hors de la présence de leur père, qui veille au grain et écourte souvent les rendez-vous.

Je n'y comprends rien. Tout le monde sait, eux les premiers, que je suis une bonne maman. J'ai tout fait pour eux, je suis prête à tout. De chagrin, je me tape la tête contre les murs.

Peu à peu, un rituel s'instaure. Une fois par mois, Arturo m'autorise à parler aux enfants, trois minutes exactement, c'est-à-dire une minute par enfant. Il reste à côté du téléphone et reprend le combiné une fois la durée écoulée. Les premières fois, je n'arrive pas à maîtriser mes sanglots, qui redoublent devant la dureté des enfants. Ils semblent totalement détachés, indifférents, ennuyés de m'entendre. Parfois même carrément hostiles. Il arrive que Sofia crie qu'elle ne veut pas me parler. Alexi, très vite, ne parle plus qu'espagnol. Et lorsque je pleure trop, Arturo, excédé, coupe la communication. Alors je me maîtrise. Je garde une voix enjouée pour leur demander de leurs nouvelles. Je leur pose des questions : comment se passe l'école ? Est-ce qu'ils ont une jolie chambre ? Que font-ils comme activités ? J'essaie de leur raconter des détails de notre quotidien, de leur parler de choses qu'ils aimaient et qui peut-être leur manquent. Mais je n'arrive pas à les toucher. Ils s'éloignent sans que je comprenne ce qu'il se passe.

C'est le consul lui-même qui me parle pour la première fois du syndrome d'aliénation parentale (SAP). Je me jette sur Internet et je lis tout ce que je peux trouver. Puis je consulte une psychologue, pour me faire expliquer ce mécanisme. En France, le phénomène n'est pas encore bien identifié, mais des décisions de justice le reconnaissant sont tombées ces dernières années, faisant jurisprudence. En Allemagne, par exemple, comme aux États-Unis, l'aliénation parentale est bien diagnostiquée et elle est punie par la loi. Concrètement, c'est un phénomène qui se développe dans des cas de séparations, qu'il y ait enlèvement parental ou non, et qui consiste pour un parent à démolir totalement le lien entre l'enfant et l'autre parent, en usant de médisance, de mensonge et de manipulation. Il s'agit d'une pathologie relationnelle, comme le décrivent les psychologues. Petit à petit ou bien d'un seul coup, l'enfant tombe en désamour d'un de ses deux parents. C'est comme s'il cessait de l'aimer. Il devient hostile, refuse sa présence, ses appels, et la distance se creuse, la relation se détériore, le lien se meurt. La psychologue m'explique que ça peut aller très loin, jusqu'à l'oubli des souvenirs des bons moments passés avec le parent rejeté, voire à l'invention d'épisodes négatifs. À force de dire du mal, de réinventer la réalité, le parent finit par en convaincre l'enfant, et cela d'autant plus facilement qu'il est petit et que l'autre parent est loin. C'est comme si l'enfant subissait un lavage de cerveau. Il prend passionnément parti pour un parent et rejette aussi passionnément l'autre. Les ravages sur la psyché de l'enfant sont incommensurables.

La description de ces symptômes que je reconnais m'apaise un peu. C'est au moins un début d'explication aux récits du consul. Ma grande amie, Aurélie, me soutient aussi beaucoup. Son énergie débordante, inlassable, m'a vraiment sauvé la vie.

– Note, note tout, Maude. Ça te fera du bien et ça t'aidera à comprendre ce qu'il se passe.

Elle a raison. C'est une façon de rester dans l'action qui va me permettre d'encaisser l'invraisemblable dureté de mes enfants. Écrire, décortiquer, mettre à distance va me faire comprendre qu'ils sont dans un état de très grande souffrance psychologique. Je vais m'attaquer à ce problème comme autrefois à l'autisme d'Alexi : une épreuve à surmonter. Mon journal intime devient un véritable exutoire.

La psychologue, lorsque je lui demande comment on guérit de ce syndrome, a une légère hésitation.

– C'est très difficile, c'est un processus long, qui nécessite que les deux parties soient décidées à se sortir de là. Il faut souvent une médiation pour aider le parent à retisser un lien. Parfois, un placement hors de la famille est nécessaire.

Arturo, pourquoi, pourquoi as-tu fait ça à tes propres enfants ?

– 12 –

Un procès au Mexique

Je relance sans cesse le bureau d'entraide et le quai d'Orsay, mais partout on me conseille la patience. Les relations entre le Mexique et la France sont extrêmement tendues par l'affaire Florence Cassez, et le gouvernement ne tient pas à engager un second bras de fer. On me dit que c'est un dossier privé, que c'est compliqué. On me demande de me faire discrète. Or dans une telle situation, il faut crier. Mais j'obéis, pensant que cela m'aidera à retrouver mes enfants. Je me laisse enfermer dans le silence.

En mars commence le procès pour la restitution des enfants, chapeauté par l'autorité centrale française. Au Mexique, je cherche un cabinet pour lancer une procédure sur place. Le choix est difficile. Je commence par contacter Fernando Gomez Mont, un avocat membre du parti de l'opposition, le PAN. Il me donne gratuitement quelques conseils, mais d'emblée se montre très pessimiste :

– Vous ne gagnerez jamais ici. Négociez, vous n'avez pas le choix.

Sur son conseil, nous calons une première réunion avec les avocats d'Arturo. C'est un échec. Au bout de quelques minutes, ils quittent la pièce. Fernando Gomez Mont me rappelle pour me le raconter et me dit qu'il est plus honnête de sa part de se retirer. Il n'est pas spécialisé dans les conflits familiaux, il pense qu'un autre avocat saurait mieux m'aider. Il me recommande à trois avocats à qui je demande des devis qui oscilleront entre 400 000 et un million de dollars US !

Je demande donc conseil à Navarrete, l'homme que j'avais soutenu à la succession d'Arturo au gouvernorat de l'État de Mexico. Naïvement, je pense qu'il me doit un service. Il m'indique le nom d'un avocat que j'appelle de sa part. Au téléphone, il ne m'inspire aucune confiance. Je souffre de la notoriété d'Arturo, il faut que je cherche ailleurs, plus loin, quelqu'un qui saura préserver son indépendance et résister aux pressions. Pour trouver la perle rare, je vais aller jusqu'à Mexicali où l'on me met en contact avec Veronica Rosso, une femme apolitique et mère de famille que je choisis pour me représenter.

Elle me propose un forfait à l'heure qui n'excédera pas, me dit-elle, les 50 000 euros. Cela me paraît raisonnable comparé aux premiers devis. Avec elle, j'intente donc un procès contre Arturo pour enlèvement d'enfants.

Je suis les moindres avancées du dossier avec avidité. Je passe la majeure partie de mes nuits debout, en contact avec le Mexique. Je suis tellement impatiente. Je me dis : *S'ils ne sont pas de retour avant l'été, j'en mourrai.*

*
* *

Au début du mois de mars, je reçois un appel. C'est l'Aquaboulevard, qui me demande si je confirme la réservation prise pour l'anniversaire des jumeaux. La gorge serrée, je m'excuse : non, nous sommes navrés, l'anniversaire n'aura pas lieu.

*
* *

Dans la journée, je multiplie les sollicitations. J'écris à Carla Bruni, tâchant de toucher son cœur de mère. Lorsque j'étais première dame de l'État de Mexico, j'ai souvent été contactée pour intervenir dans des affaires familiales délicates, notamment liées à l'adoption. Je sais que parfois on ne peut rien faire. Mais j'ai toujours répondu. Mon courrier à la première dame française restera lettre morte.

En mai, François Hollande est élu à la présidence de la République. Un papa de l'école des enfants m'aborde un matin, timidement. Il a appris par des parents d'élèves, bien que je sois restée très discrète, le drame que nous traversons. Il se trouve être le garde du corps de François Hollande et il aimerait savoir ce qu'il peut faire pour moi. Je demande avec empressement :

– Pourriez-vous lui faire passer une lettre de ma part ?

Il acquiesce. J'ai envie de le serrer dans mes bras, je suis très touchée par son geste. Aussitôt, je rédige un courrier à l'attention de la compagne de notre nouveau Président, ainsi qu'une lettre pour François Hollande en personne :

« Vous qui êtes père, vous devinez ma douleur, mon désarroi, mon impuissance. Je vous en prie, ne laissez pas une femme française se battre seule contre l'injustice. »

Je n'attends pas de réponse, mais j'espère qu'une de ces bouteilles que je lance à la mer finira par atterrir entre les bonnes mains.

Un matin que j'accompagne Tara, la directrice me retient dans son bureau. Avec beaucoup de douceur, elle me demande :

– Qu'est-ce qu'on fait pour les places des enfants à l'école l'année prochaine ?

Je suis interloquée.

– On les garde, bien sûr ! Mais pour Alexi, je ne sais pas encore dans quel niveau il faudra l'inscrire. J'ignore dans quelles conditions il est scolarisé. Et puis il ne doit pas beaucoup parler français. Peut-être qu'il n'aura pas le niveau pour passer au CE1. Faut-il le garder en CP ?

Je vois la commisération dans le regard de la directrice, mais je refuse de m'y arrêter. L'année prochaine, les enfants seront là. Il le faut.

*

* *

Toujours en mai, ma sœur aînée, Laurence, très présente depuis le début du drame, accepte de se rendre au Mexique après cinq mois à m'entendre supplier les membres de ma famille un à un. Ma mère décide de l'accompagner. Elles espèrent voir les enfants et elles ont l'intention de demander une audition au juge pour attester des bonnes conditions de vie des enfants à Paris. Ce sera un coup pour rien. Arturo ne leur répondra jamais, le juge refusera de les recevoir. Elles rentrent bredouilles.

Mais en juin, c'est la résurrection : j'ai gagné mon procès au Mexique, à Toluca. La juge a ordonné la restitution immédiate des enfants. Je n'en crois pas mon bonheur. Je saute dans tout l'appartement, j'entraîne Tara dans une danse folle dans le salon. Je ne parviens pas à calmer mon agitation. J'imagine la tête des enfants quand ils vont arriver. Où pourrais-je les emmener en vacances pour leur rendre le sourire ? Ils doivent avoir grandi, depuis six mois ! J'appelle mon amie Aurélie qui est en vacances en Espagne pour lui passer commande d'habits d'été dans la boutique où elle se fournit et dont elle me rapporte chaque année de jolies choses pour les enfants. Très heureuse pour moi, elle me dépose dès la fin de la semaine une valise pleine. Le ciel est limpide, le printemps est là et les enfants vont rentrer. Je défais la valise et range dans les placards les robes de plage et les bermudas, en rêvant au bonheur qui s'annonce. J'ai l'impression de revenir à la vie.

Quelques jours plus tard, mon avocate mexicaine me rappelle et la nouvelle qu'elle m'annonce me coupe les jambes aussi brutalement qu'un croche-pied. Je trébuche, me retiens à un meuble, avant de m'effondrer : leur père a fait appel de la décision du tribunal et, au Mexique, l'appel est suspensif. Le retour des enfants est annulé, ils ne passeront pas l'été avec nous.

Comme une automate, je ressors de leurs placards les vêtements dont je n'avais pas encore coupé les étiquettes et les rapporte à Aurélie avec un pauvre sourire. Elle les reprend sans oser prononcer un mot.

*
* *

Le 20 juin, c'est la fête de l'école. Je fais face à Philippe.

– Je ne peux pas y aller.

– Il le faut. Pour Tara. Pour moi. Tu ne peux pas la laisser tomber. Tu dois te secouer. Nous sommes là, nous.

L'idée me paraît insurmontable. Mais j'imagine la déception de Tara si je ne viens pas.

– Une heure. J'irai une heure. Pas plus.

Au prix d'un effort qui me semble surhumain, je mets mes lunettes de soleil afin de masquer mes yeux gonflés, je prends la main de ma fille et nous marchons tous les trois jusqu'à l'école. Entre Philippe et moi, Tara sautille et babille, heureuse. Mais je ne peux pas prononcer un mot, je me contente de hocher la tête en souriant pour l'encourager, incapable même de l'écouter. Dans la cour, je les vois, tous, je les reconnais, les petits élèves de CP et de CE1, les amis des jumeaux et d'Alexi. Avec un vertige, je vois comme ils ont grandi, comme ils ont l'air heureux. Leurs parents les regardent, les exhortent au calme ou les applaudissent, les admirent, les touchent. Là, voilà une mère qui gronde un petit garçon turbulent. Plus loin, une autre console un chagrin. S'ils savaient la chance qu'ils ont. S'ils savaient à quel point j'aimerais être à leur place. Je sens quelques regards qui se posent sur moi. Une maman s'approche, je ne la connais pas, je ne l'avais jamais remarquée. Elle me prend la main et me souffle :

– J'ai appris ce qui vous arrive. Je suis de tout cœur avec vous. Si je peux faire quoi que ce soit, n'hésitez pas.

Incapable de répondre, je hoche la tête, la gorge serrée.

Les enfants crient, courent, rient, se chamaillent et se bousculent autour de moi. J'ai les oreilles qui vibrent, je ne me crois pas capable de supporter cela plus longtemps, mais Tara, qui joue au chamboule-tout, m'adresse depuis l'autre côté de la cour un sourire resplendissant de tant de plaisir que je serre les poings et que je tiens bon. Encore un peu.

*
* *

Le dernier jour de l'année scolaire, la directrice m'a téléphoné. Je savais ce qu'elle voulait me dire, je lui ai facilité la tâche.

– Je libère les places d'Alexi, Sofia et Adrian pour l'année prochaine.

J'ai raccroché sans lui laisser le temps de répondre. Je ne veux pas qu'on me console. Dans la foulée, j'ai appelé le cours de danse, de taekwondo et de théâtre, toutes les activités auxquelles ils étaient préinscrits, et j'ai tout annulé.

*
* *

Au milieu de l'été, j'ai Arturo au téléphone. Les dernières fois que j'ai essayé de le joindre, il n'a pas répondu. Je n'ai pas eu de nouvelles depuis longtemps. Je me montre aussi calme, aussi gentille que possible. Nous avons une discussion polie et civilisée, aberrante au regard de la situation. Nous parlons un peu des enfants. Tout le monde va bien, assure-t-il.

– Est-ce que je peux leur parler ?

Je suis hésitante, j'ai peur qu'il dise non, j'essaie de parler du ton le plus indifférent possible. Après une infime hésitation, il accepte et appelle Alexi. J'ai réussi, je vais enfin entendre les enfants, même si c'est pour quelques minutes seulement. Je fais tout pour contenir mes larmes, pour ne pas céder à l'hystérie. Il faut être sereine, tenir bon. J'entends mon fils qui prend le combiné, puis sa voix, ennuyée, contrainte.

– Allô, Maude ?

Mon cœur se brise, mais je tâche de n'en rien montrer.

Chaque jour qui passe, je les perds un peu plus. Il y a une glace entre nous que je ne parviens pas à briser. Les appels ne durent même pas la minute qu'Arturo autorise. Je sens la présence de l'adulte à côté d'eux, que ce soit leur père ou leur belle-mère parfois, qui interviennent dans la conversation. Ils s'éloignent et je ne sais pas comment les rattraper. Il faut que je les voie. Qu'ils me voient. Il faut qu'on se touche pour se retrouver. Je sais que je n'ai pas le choix, je dois aller au Mexique, malgré ma peur.

À la fin de l'été, je gagne en appel mais Arturo se pourvoit en cassation, ce qu'on appelle au Mexique un *amparo*, et de nouveau la décision du juge n'est pas appliquée. J'ai beau gagner, on ne me rend pas mes petits. Je ne suis pas étonnée, cette fois, je m'étais préparée à une déception. On apprend, on se forme, on se blinde.

– 13 –

« Mets-le K-O »

– Mets-le K-O.

Aurélie me donne du courage. Elle aurait voulu m'accompagner, mais elle a quatre enfants, et son mari n'est pas enthousiaste à l'idée qu'elle entreprenne un voyage peut-être dangereux. Je le comprends. J'ai si peur de ce qui peut arriver là-bas que je n'ai pas osé envisager le voyage seule. Ma mère a accepté de m'accompagner ; nous partons en août, toutes les deux, dans l'espoir un peu fou de réussir en personne ce que les avocats et les instances internationales ont échoué à faire au cours des huit derniers mois.

Sur place, ma première visite est pour Gérald Martin, le consul, à qui je suis si reconnaissante de toute la peine qu'il se donne pour nous.

Je demande ensuite audience à l'ambassadrice, qui me l'accorde.

Lorsque j'entre dans son bureau, je suis frappée de la façon dont elle me regarde de la tête aux pieds d'un air réprobateur. C'est si net que j'ai l'impression de voir flotter ses pensées dans la pièce, quelque part entre nous. Une fois de plus, ma différence d'âge avec Arturo, notre différence de notoriété aussi permettent qu'on me classe un peu trop vite dans la catégorie des femmes intéressées. Pourtant, je ne suis pas la seule victime d'un enlèvement parental. Sommes-nous donc tous coupables ? D'un mauvais assortiment, d'une trop grande différence d'âge, d'être tombés amoureux hors des frontières de notre pays ? Il y a autant d'histoires particulières qu'il y a de cas, mais c'est un drame unique qui nous réunit tous et dont je ne crois pas qu'on puisse nous rendre responsables.

L'audience se déroule en un temps record, je sais tout de suite que je n'ai rien à en tirer. Je repars glacée et assurée que rien ne bougera. Ma mère me réceptionne à l'hôtel et passe la soirée à me réconforter.

Après un rendez-vous avec mon avocate pour examiner nos options (bien maigres) et après avoir essayé en vain de joindre Arturo, je décide de tenter le tout pour le tout. Grâce au consul, je connais le nom de l'école des enfants. Je vais essayer d'y pénétrer.

2002. Le temps de l'amour. Première année de mariage, lors de l'inauguration d'un tournoi de golf.

L'un des meetings politiques quotidiens d'Arturo auprès de ses électeurs.

Hugo Chávez et moi à l'occasion du supplément spécial Venezuela que je réalise pour le *New York Times*.

Ma rencontre avec le Dalaï-Lama lors d'une visite officielle. Un grand souvenir.

Conférence de presse après l'inauguration d'un bâtiment officiel. Peu à peu je me familiarise avec cet exercice qui me terrifiait. ▸

▴Enrique Peña Nieto n'est pas encore président du Mexique mais simple représentant de la Chambre des députés quand il assiste avec moi à un meeting d'Arturo.

◂Entourée des épouses des officiels mexicains, je lance la collecte de fonds de la Croix-Rouge que je préside chaque année.

Compte-rendu annuel devant l'élite de l'État mexicain de mon action en tant que présidente du DIF. ▸

Premier Noël de Sofia et Adrian, neuf mois, à Valle de Bravo où se trouve notre maison de villégiature.

L'hélicoptère est pour nous le moyen de transport le plus rapide et le plus sûr. Ici, au retour d'une visite de contrôle à l'hôpital pour les jumeaux.

Pour la naissance d'Alexi, je reçois tellement de fleurs à la maternité que les bouquets déposés devant ma chambre recouvrent tout le couloir long de cinquante mètres.

À Mexico, à Paris après notre divorce, ou en vacances à Marrakech, des enfants heureux en toutes circonstances, insouciants et pleins de joie de vivre, qui ont accueilli avec bonheur leur petite sœur Tara.

Notre dernier Noël ensemble, notre dernière soirée et notre dernière photo avant 3 ans et 3 mois de séparation.
Le temps pour moi s'est arrêté à ces visages-là.
Tara sera mon pilier pour m'aider à me battre pour Sofia, Adrian et Alexi.

Monsieur François Hollande
Président de la République
Palais de l'Elysée

Paris, le 12 Mai 2014

Monsieur le Président de la République,

Cela fait 880 jours que je n'ai pas vu mes trois enfants, Sofia, Adrian et Alexi illégalement retenus par leur père, Arturo Montiel, au Mexique.
A Mexico, à Washington et à Paris, je remue ciel et terre depuis plus de 2 ans.
Mais comme vous avez pu le constater lors de votre déplacement au Mexique, le combat est inégal.
Je suis face à l'un des proches de l'actuel Président E. Peña Nieto, et en l'espèce, la justice mexicaine n'est ni indépendante, ni impartiale.
En 2013, j'avais eu l'immense chance de rencontrer Madame Valérie Trierweiler qui m… de son soutien.
En 2014, mes avocats fra…
et sa collaboratrice Ali…
et il leur a été indiqué…
Président Peña Nieto.
Or, je n'ai aucune nouvel… mon désarroi est i…

J'en appelle aujourd'h… de la République… souhaiterai pouvoi…

Vous remerciant par… vous porterez à l'… croire, Monsieur le… à l'expression de…

A l'attention de Monsieur Laurent Fabius :

Paris, le 12 juillet 2013

Monsieur le Ministre,

Je viens d'appendre que vous devez vous rendre au Me… week-end. J'ai rencontré vos conseillers, notamment N… il y a quelques mois, ainsi que Madame Trieweller qui… l'Elysée à deux reprises et qui m'avait promis de m'aid…

Je vis depuis presque 2 ans un drame humain: cela fait… mes 3 enfants ont été enlevés au Mexique par leur père… bout car je ne les ai pas vu (dont mon petit garçon auti… 575 jours.

La justice mexicaine n'existe pas puisqu'elle est sous le… Président de la République ainsi que le père de mes enf… gouverneur de l'Etat de Mexico et cousin de l'actuel Presi… Enrique Pena Nieto.

J'en appelle à votre humanité pour m'aider à revoir mes e…

Monsieur le Ministre, vous êtes vous-même un père de fam… quel état seriez-vous si vous n'aviez pas revu vos enfants d… jours?

Je suis au bout du fil, si vous même, ou… vos conseillers souhaiterait m'appeler.

En vous remerciant par avance pour tout ce que vous pour… pour m'aider, je vous prie de croire, Monsieur le Ministre… l'assurance de ma très haute et déférente considération.

Maude Lancry Versini

Le Télégramme | Actualité

Monde | France | Economie | Faits divers

ARCHIVE

Garde d'enfants. Une mère e… Bruni-Sarkozi

Photo Epa

En conflit avec…

Un père de famille pas comm… Arturo Montiel a été l'une de… sans partage au Mexique pen… des prétendants à la candida… accusations d'enrichissement… aujourd'hui classée sans suite… rique Pena Nieto, candidat d… ésidentielle de juillet 2012, e… Arturo Montiel, l'ex-mar…

FRANCE-MEXIQUE

LES AF…
QUI

LE CAS DES ENFANTS DE MAUDE ET CELUI DU MARI DE LUDIVINE, TOUS RETENUS AU MEXIQUE, EMPOISONNENT LA DIPLOMATIE FRANÇAISE. QUI, SUR LES BRAISES DE L'AFFAIRE FLORENCE CASSEZ, JOUE L'APAISEMENT AVEC MEXICO.

Dans ma quête désespérée de justice, de soutien et de solidarité de mon pays, deux de mes nombreuses lettres aux plus hautes instances de l'État.

Suite à ma lettre, Valérie Trierweiler me reçoit à l'Élysée et m'assure de son soutien dans mon combat. Elle tiendra parole.

Enfin réunis après 3 ans et 3 mois de séparation. En décembre 2014 puis en mars 2015.

Pour la première fois, entourée de ma mère, je présente Laura à ses frères et sœur.

Les enfants des classes aisées sont élevés dans un luxe de sécurité, justement pour prévenir les enlèvements avec demande de rançon. L'établissement est donc situé dans une véritable enceinte fortifiée et gardée, ainsi que c'est souvent le cas pour les institutions privées. Il n'y a qu'une porte, qui ne s'ouvre que pour les parents véhiculés. Évidemment, on me refuse l'entrée. Mais je n'ai pas dit mon dernier mot.

À l'heure de la sortie des classes, des Hummer à vitres teintées arrivent lentement et passent la grille les uns à la suite des autres pour venir récupérer les enfants. Debout sous le soleil brûlant, je frappe à la portière de chacune des voitures lorsqu'elles ralentissent au portail.

– Bonjour, vous ne me connaissez pas mais vous connaissez peut-être mes enfants. Je suis Maude Versini, la maman d'Alexi, Sofia et Adrian Montiel. Est-ce que vous pouvez me faire entrer ?

Les mères, effarées, refusent vivement.

– Je vous en prie, pouvez-vous au moins dire à mes enfants que je suis là et que je les aime ? Je ne les ai pas vus depuis huit mois. S'il vous plaît.

Implacables, les vitres remontent. Personne, pas une de ces mères n'acceptera de faire passer un mot à mes enfants.

Pour ne pas inquiéter ma propre mère, ce soir, au restaurant de l'hôtel, je me force à avaler une salade. Nous repartons le lendemain sans avoir vu les enfants.

*
*   *

Mon combat pour les récupérer est un engagement de tous les instants. Il m'habite complètement. Tout passe après. Pour Philippe aussi, qui est à mon côté, très combatif, aussi décidé que moi à réparer ce crime. Nous ne parlons de rien d'autre que des enfants, des moyens de les récupérer. Il fait jouer toutes ses relations, bien qu'il soit extrêmement réticent à l'idée de voir notre vie et notre intimité passées au crible. Secret, discret, mon mari déteste viscéralement l'idée de s'exposer. Nous commençons pourtant à avoir l'intuition que nous n'arriverons nulle part si personne n'apprend le crime dont nous sommes victimes. Ce rapt doit devenir public. C'est le seul moyen. Lorsque notre histoire a commencé, nous avons été poursuivis et harcelés par les paparazzi. Le faire-part de notre mariage a été volé et vendu à la presse, ainsi que l'acte de naissance de Tara. Des secrets, des moments privés, intimes ont été exposés, salis, utilisés. Cela a été très dur pour nous et nous avons tout fait, depuis, pour nous fondre dans l'anonymat et nous faire oublier. À l'école, je n'ai raconté à personne qui était le père de mes aînés. Les enfants ont bien sûr la possibilité de parler de leur papa avec leurs camarades, mais de mon côté je n'ai confié mon histoire à aucune des mamans que je fréquente. Aujourd'hui, je sens pourtant que si je laisse le drame qui me frappe se terrer dans l'ombre, être enseveli sous l'appellation discrète d'« affaire privée », je n'arriverai à rien.

Voyant que le temps file et que les enfants ne reviennent pas, je me se résous à faire du tapage. C'est grâce à Xavier, un copain de mon mari, que la médiatisation va commencer. Il nous envoie une équipe de télévision de la chaîne M6 peu après mon premier voyage. Ils aimeraient nous interviewer pour l'émission 66 *Minutes* et nous accompagner au Mexique. Je suis décidée à tout faire pour parvenir à voir les enfants, cette fois, et je me sens plus en sécurité à l'idée d'être accompagnée par une équipe de télévision. Sous l'œil des caméras, je pense qu'il ne nous arrivera rien.

Les enfants sont absents depuis dix mois à présent. Que c'est long ! L'automne va commencer et rien ne laisse à penser qu'ils reviendront bientôt. Nous partons, Philippe, Tara et moi, accompagnés de l'équipe de M6. Notre première visite est pour la résidence principale d'Arturo. Pour pénétrer dans le lotissement ultra-sécurisé où il vit, nous avons pris, Philippe et moi, rendez-vous avec une agence immobilière spécialisée en prétendant que nous sommes intéressés par l'achat d'une maison. Nous avons utilisé le nom de jeune fille de la mère de Philippe et on nous a fixé un rendez-vous pour une visite. En arrivant devant la guérite du gardien de la zone, nous donnons notre prétendu nom et le garde nous laisse passer. Mais devant la résidence d'Arturo, je repère aussitôt le chef de sa sécurité. Non seulement il me connaît très bien et ne me laissera donc pas passer, mais nous perdrons l'effet de surprise. Je me cache dans la voiture et nous repartons. J'ai si peur que mon cœur tambourine dans ma poitrine. L'un des journalistes paraît étonné de ma frayeur.

– Mais que peut-il arriver, Maude ?

Je sens le doute dans sa voix.

– Tout. Tout peut arriver ici.

Il reste dubitatif.

Je retourne à l'école, mais je procède cette fois de façon plus calculée. Philippe et moi donnons à nouveau le nom de sa mère et réclamons un rendez-vous avec le directeur. Bien qu'étonné par la caméra qui nous suit, le gardien nous fait entrer. Me voici dans le hall de l'école. J'attends qu'on me reçoive, le souffle court. Je suis peut-être à quelques mètres de mes enfants, j'ai les genoux qui s'entrechoquent. Dans la cour de récréation, une chorale se produit devant quelques parents installés sur des chaises. Parmi les petits chanteurs, je ne reconnais pas les miens, mais je vais m'asseoir dans l'assistance et je chuchote à la femme assise à ma droite :

– Je suis la maman de Sofia, Adrian et Alexi Montiel. Je ne les ai pas vus depuis le mois de décembre dernier. Je vous en prie, faites-leur passer ce message.

Et je lui glisse une lettre. Je fais pareil avec ma voisine de gauche, puis je m'éloigne. Bien entendu, les enfants n'auront jamais mes courriers.

Alors que j'attends de nouveau dans le hall que le directeur accepte de me recevoir, j'aperçois soudain mon fils Alexi, parmi un petit groupe qui traverse la cour en direction d'une classe. C'est un tel choc que j'en ai le souffle coupé. Incapable de faire un pas, je me tourne vers Philippe, désemparée. Il me pousse en avant :

– Vas-y, Maude. Vas-y !

J'ai l'impression de devoir m'arracher au sol. Je me mets à courir en direction de mon fils. Les derniers des enfants sont en train d'entrer dans la classe, Alexi passe la porte quand je crie :

– Alexi chéri, c'est maman !

Mon fils se fige. Il tourne la tête et me dévisage à travers la porte vitrée, les yeux écarquillés. Je peux à peine respirer. La maîtresse, alertée, me regarde approcher.

– Qui êtes-vous ?

– Je suis la maman d'Alexi. Alexi, mon chéri, c'est moi, c'est maman.

– Je ne vous connais pas, comment êtes-vous entrée ?

Alexi me regarde, effrayé. Je ne suis même pas sûre qu'il comprenne ce qui se passe ; est-il possible qu'il ne me reconnaisse pas ? J'essaie en espagnol.

– Alexi, *mi corazón, es mama* !

La maîtresse s'interpose.

– Madame, vous devez sortir. Madame, vous lui faites peur.

– Je vous en prie, laissez-moi lui parler. Je vous en prie.

La maîtresse, d'une main, repousse Alexi vers l'intérieur de la classe tout en retenant la porte que j'essaie d'ouvrir par la force. Soudain, je vois quelque chose qui m'arrête et je laisse retomber mes bras. C'est la frayeur dans les yeux de mon fils. Je lui fais peur. Je fais un pas en arrière. La maîtresse referme la porte.

À cet instant, le directeur m'appelle dans son bureau. Avant d'entrer, je crois reconnaître dans le hall un des gardes du corps d'Arturo, mais il me tourne le dos. Dans le grand bureau boisé du directeur, je craque. Je suis épuisée par cette scène. Mes enfants sont à quelques mètres de moi. Je veux les voir, les serrer dans mes bras. Je veux les embrasser. Je supplie cet homme que je ne connais pas.

– Que dois-je faire pour vous convaincre ? Je vous en prie, laissez-moi les voir, rien qu'un instant.

Il me laisse parler, le prier, pendant un temps interminable. Puis, au bout d'environ vingt-cinq minutes, il se lève et me dit :

– Ça ne sert à rien d'insister, les enfants sont partis.

– Que voulez-vous dire ?
– Monsieur Montiel sait que vous êtes là.
– Vous l'avez prévenu ?
– Bien sûr.
– Il les a fait sortir de l'école pendant que j'étais dans votre bureau ?

L'homme hoche la tête, impassible. Je me lève, tremblante.

– C'est mal, ce que vous avez fait. C'est très mal.

Nous quittons l'école. Le soleil est brûlant. Je ne sais plus où aller.

Le soir-même, je reçois un appel d'Adrian. D'un ton froid, monocorde, il me dit qu'ils ne sont plus en ville, ils sont partis à Acapulco en avion. Je ne le crois pas. J'entends qu'il récite une leçon apprise, ces mots ne sont pas les siens. J'exige de parler à son père, mais il raccroche sans me le passer.

Dès le lendemain matin, j'entraîne l'équipe de M6 vers une résidence secondaire que possède Arturo dans les environs immédiats de Toluca. Je suis certaine qu'ils s'y sont réfugiés. Nous sommes à peine en vue de la maison que la présence d'un nombre important de gardes à la porte achève de m'en convaincre. Ces jeunes gens, des policiers en civil, portent tous un revolver sous leurs polos. J'en connais certains, d'autres sont nouveaux. Je marche jusqu'à la porte du parc et demande à entrer. Évidemment, leur jeune chef refuse.

Il sourit d'un air gêné, bien conscient de la présence des caméras derrière moi.

– Alors, simplement, donnez cela à mes enfants. Ce sont des cadeaux pour eux. Vous savez que je ne les ai pas vus depuis dix mois. Je suis leur maman. Vous avez une maman, vous ?

Il secoue la tête et écarte les bras, impuissant, refusant de prendre les cadeaux.

– Il faut partir, madame, il n'y a personne ici. Vous feriez vraiment mieux de partir.

Je ne renonce que lorsque deux 4 × 4 de police, avec des hommes en armes à bord, arrivent pour nous faire déguerpir. Ils agitent leurs pistolets dans notre direction, menaçants, et je vois blêmir le journaliste qui me demandait, un peu plus tôt, ce qu'il pouvait bien arriver ici.

Tout peut arriver. J'ai compris que je ne verrais pas mes enfants tant qu'Arturo n'aura pas été contraint par la force de me les présenter. J'ai engagé un bras de fer que je ne peux pas gagner. Mais je ne peux pas non plus renoncer. C'est l'impasse.

– 14 –

« MA PAROLE D'HOMME ET DE PÈRE »

Au cours de l'automne, je reçois un appel troublant. Lorena Cruz, dont je n'ai eu aucune nouvelle depuis que j'ai quitté Arturo, me téléphone vers la fin du mois de septembre. J'ai toujours considéré mon ancienne directrice du DIF comme une personne de confiance et j'ai de l'affection pour elle. Elle m'apprend qu'elle vient à Paris pour les vacances et me dit qu'elle aimerait me voir. Je comprends tout de suite qu'elle est chargée d'un message. Jamais cette femme d'habitudes n'a passé ses vacances ailleurs qu'en compagnie de ses parents à Ixtapa ou aux États-Unis. Je l'assure aussitôt qu'elle est la bienvenue, je serais ravie de la retrouver pour un verre. Nous nous donnons rendez-vous dans le salon de thé d'un hôtel.

Revoir Lorena rappelle à moi les souvenirs de mon ancienne vie, tout ce que j'ai souhaité laisser derrière moi. Quand j'ai quitté Arturo et le Mexique, j'ai vraiment rompu les amarres. Ni amie ni fréquentation de cette époque ne m'ont plus jamais donné signe de vie. J'étais sortie de leur vie en quittant le gouverneur.

Lorena m'apprend que c'est Enrique Peña Nieto lui-même qui l'envoie, comme je l'avais deviné. Il a même payé son voyage car il veut me convaincre de cesser toute action contre Arturo. Mon agitation donne une mauvaise image du Mexique, de sa famille également, ce qui n'est bon ni pour sa campagne, ni pour sa carrière, ni pour les relations diplomatiques entre nos deux pays. Enrique a été élu président en juillet, mais il ne prendra ses fonctions officielles qu'en décembre. Selon Lorena, il a donné sa parole d'homme et de père de m'aider à retrouver mes enfants, à condition que je me fasse discrète.

– Sa parole d'homme et de père ? C'est vraiment ce qu'il a dit ?

Lorena hoche la tête.

– Il sait l'épreuve que tu traverses, Maude. Il a de la peine pour toi et il a promis de faire en sorte que tu retrouves les petits.

Je sens un immense soulagement m'envahir. La parole du futur président du Mexique, ce n'est pas rien. Depuis le début, je ne comprends pas qu'il ne réussisse pas à convaincre Arturo, son parrain en politique, son parent, son ami, de cesser cette folie. J'ai enfin l'impression que quelqu'un qui a toute sa raison va se préoccuper de nous et que tout va rentrer dans l'ordre.

Lorena me dit aussi que si je reviens au Mexique, elle m'aidera elle-même, personnellement, en me faisant rencontrer le président du tribunal supérieur de justice. C'est lui qui chapeaute tous les juges de l'État. Mais en échange, il faut que je promette de ne rien révéler de compromettant sur Arturo ni sur Enrique. En effet, sur plusieurs messages laissés à Arturo, je l'ai menacé de rendre publics des éléments qui risqueraient de leur nuire. Je promets à Lorena de me taire. C'est d'autant plus facile que je ne sais rien, je n'ai aucun document ni aucune information susceptible de freiner leur carrière, malheureusement. Ce n'était qu'un coup de bluff pour essayer de l'effrayer. Ma seule bataille, ce sont mes enfants. Pour eux, je vais donc me taire et attendre. Je suis certaine de gagner l'*amparo* : le même dossier sera présenté devant la même juge qui m'avait été favorable, comment ne pas avoir confiance ? Avec l'appui d'Enrique, tout ira bien. Je lui pardonne son silence ainsi que celui d'Angelica, sa nouvelle épouse. Je leur ai écrit à tous les deux, à de nombreuses reprises. Enrique, que je tutoie et que je connais si bien, ne m'a jamais répondu. Mais il me donne enfin signe de vie à travers Lorena.

Je refuse donc désormais toutes les sollicitations des médias qui font suite au reportage de M6 et, chaque soir, j'imagine le retour de mes enfants. Je visualise la scène, j'ajoute des détails, j'entends nos conversations, c'est si réel que j'ai l'impression de serrer dans mes bras leurs petits corps. Je fais des rêves merveilleux. Je vois le bout du tunnel : bientôt, tout sera fini et ils seront là, endormis près de moi.

Avec Tara, dans la journée, nous nous installons toutes les deux dans la chambre des filles et nous parlons de ce qu'on fera quand ils seront de retour. À force de me l'entendre répéter, elle aussi dit maintenant « les enfants » quand elle évoque ses frères et sœur. Quand les enfants seront là, nous serons heureux.

– 15 –

Tara

La sonnerie hurlante du réveil se fait entendre. Je rêve de rester cachée sous la couette et de demeurer dans mon cocon pour l'éternité. *Les enfants sont partis*, me dis-je, comme un refrain obsédant… Mais je sens les pieds de Tara remuer. Elle relève légèrement la tête dans ma direction, les cheveux en désordre, les yeux plissés. Elle a de nouveau passé la nuit avec moi, troublée par cette terrible angoisse du sommeil solitaire. Depuis que sa sœur n'est plus là, elle ne veut plus dormir seule. Elle attend Sofia.

Je me sens engourdie, ne me lève pas tout de suite. Tara crie :

– Allez, debout, maman ! C'est l'heure !

Elle se jette sur moi, m'entoure de ses petits bras et je reçois des baisers humides dans le cou. Puis elle me glisse à l'oreille, comme si elle murmurait un secret :

– J'ai fait un rêve cette nuit. Il faut aller en pleine nuit chez Papa Arturo au Mexique. On réveille les enfants en cachette. Après, on cache la clé. Et puis on les fait sortir par la fenêtre. Et puis on s'enfuit à pas de loup dans la nuit. Et puis on prend l'avion pour rentrer à la maison.

L'enthousiasme de ma fille amène un sourire sur mon visage. Je la prends dans mes bras, l'étreins longuement et caresse ses cheveux en bataille. C'est elle qui m'arrache à ma torpeur. Tara conçoit sans cesse des stratagèmes pour faire revenir ses frères et sœur à la maison. Sa combativité ranime la mienne.

Je me décide enfin à quitter mon lit, portée par la vivacité de ma fille qui fixe sur moi un regard attentif. Nous nous préparons ensemble dans cette intimité que partagent un enfant et sa mère et que je devrais partager aussi avec Alexi, Sofia et Adrian, mais ce matin j'ai à peine le temps d'y songer, tant Tara s'accroche à moi comme si elle avait peur que je disparaisse à mon tour. Je lui sers un petit déjeuner pour lequel elle chipote.

– Je voudrais qu'Alexi soit là. J'aime quand il me fait des bisous le matin avant d'aller à l'école. En plus, je n'aime pas quand il pleut. Il pleut au Mexique ?

Ce matin, je n'ai pas le courage de lui répondre. Le regard plongé dans ma tasse, noyé par les vapeurs de Ricoré, je reste silencieuse. Je sens que Tara m'observe. Je sais qu'elle ressent ma tristesse et que ça lui donne du chagrin. Elle devine tout, elle sait toujours à quoi je pense. C'est trop dur, pour une si petite fille, mais il m'arrive de ne pas avoir la force de faire semblant. Elle me prend la main.

– T'inquiète pas, maman. Si on fait comme dans mon rêve, les enfants seront bientôt à la maison.

Encore une fois, les paroles réconfortantes de ma petite de quatre ans à peine me donnent la force de ne pas sombrer. Tara, c'est ma bouée.

La pluie ruisselle le long des vitres de l'appartement, laissant apparaître dans de rares fragments luminescents un Paris gris et maussade, au diapason de mon humeur. Le silence est total dans l'appartement, on n'entend que le bruit des gouttes sur les arbres du bois.

Nous quittons la maison, nous fuyons ce calme insupportable pour prendre le chemin de l'école. Tara serre ma main, cherchant à fusionner pour ne pas me perdre. Sur le seuil de sa classe, l'étreinte est interminable. Je tente de la rassurer en lui rappelant que je viens la chercher pour le déjeuner, dans à peine trois heures, mais une angoisse irrationnelle prend le dessus. Elle se met à pleurer. Des yeux, je cherche le secours de l'institutrice qui approche aussitôt. Elle est habituée aux crises de Tara.

– Tu m'accompagnes, Tara ? Aujourd'hui nous allons préparer les costumes pour la chorale.

Tara demande :

– On va chanter des chansons pas tristes ?

Mon visage s'empourpre, la maîtresse sourit gentiment, prend sa main et l'entraîne doucement vers le fond de la classe.

– Des chansons pas tristes du tout. Tu te souviens de celle du grand cerf ?

Tara acquiesce sans conviction.

– Préférerais-tu être le lapin ou le cerf ?

Tara réfléchit avec le plus grand sérieux, elle ne pense plus à moi. La maîtresse a réussi à détourner son attention et je peux quitter la classe.

De retour à l'appartement, je me prépare une autre tasse de Ricoré, mais je ne peux rien avaler, j'ai perdu le goût de manger. Je suis soulagée d'être enfin seule avec ma souffrance. Tara me sollicite beaucoup, elle est en demande perpétuelle, comme si, justement, elle voulait m'arracher à la contemplation hébétée du vide qui a suivi le départ des enfants. J'ai parfois l'impression que si elle me secoue avec tant d'insistance, avec tant d'exigence, c'est pour m'empêcher de sombrer. J'ai besoin de solitude pourtant, afin de prendre du recul sur la situation, de me poser des questions. Cela fait un an que je suis séparée de mes enfants. C'est l'éternité. C'est insoutenable, j'ai tellement mal !

Le téléphone est posé près de moi au cas où je recevrais un appel des autorités ou de mon avocat. J'attends toujours, en secret, le coup de fil qui fera tout rentrer dans l'ordre. Malgré les mois qui passent, chaque sonnerie fait battre mon cœur et ranime l'espoir. Il suffirait d'un éclair de conscience pour qu'Arturo revienne sur sa décision et me renvoie les enfants par le premier avion. Je conserve cette mince espérance. Ai-je tort de le croire capable de revenir à la raison ?

Le sifflement de la bouilloire retentit et je réalise que je suis toujours figée à la même place. Il faut ce bruit strident pour me tirer de mon rêve éveillé. Je me sers. La tasse fume et mes pensées vagabondent. Le souvenir du stratagème enfantin imaginé par Tara me revient. Est-ce si saugrenu ? Comment nous y prendrions-nous ? Il faudrait graisser la patte d'un, deux, trois, quatre gardes ? Les droguer à l'aide d'un somnifère ? Mais comment ? Ces risques inconsidérés nous plongeraient tous dans la clandestinité, dans l'illégalité. Les enfants pourraient être victimes de la violence de l'assaut, si les choses dégénéraient.

Je suis lasse. Je vais de pièce en pièce. Il faudrait que je retourne faire du sport. Je suis une compétitrice, autrefois aucun défi ne me faisait peur. Je dois me secouer.

Le vide de l'appartement fait écho à leur absence. La solitude m'oppresse. Je ressens un tel manque. Un vide impossible à combler.

– Vous êtes mon équilibre, mon centre, ma vie, mon souffle. Revenez.

Je parle tout haut, allant et venant chez moi comme une somnambule, ne différenciant plus l'aube du crépuscule.

Mes pas errants me mènent sur le seuil de leurs chambres. Celle des garçons, impeccablement rangée, attend leur retour. Les lits sont faits avec des draps fraîchement lavés, leurs livres préférés sont posés sur les tables de chevet, les peluches, sur les oreillers. Mais la pièce est tellement silencieuse. La clameur de leurs rires innocents résonne en un écho lointain dans mon esprit. Mon regard humide se pose sur les photographies qui tapissent les murs. Elles ont figé leur image dans un temps qui n'est plus. À quoi ressemblent-ils à présent ? Je me raccroche pourtant à ces photos ; c'est leur image, leur silhouette que je regarde, leurs gestes que je devine, leur regard que j'imagine, mes souvenirs que je prolonge, cultivant l'illusion de leur présence. Mais les photos sont plates, sans chair, sans vie. Je sais que nous avons vécu ces moments, les photos en attestent et font surgir des souvenirs. Mais cela n'est plus. Mon quotidien est inerte. Tout un pan de ma vie est mis en sommeil. Mort, peut-être, privé à tout jamais de leur étincelle. J'essaie de me convaincre que même hors de mon regard ils poursuivent leur chemin dans la vie, qu'ils grandissent, qu'ils existent, mais parfois je n'y arrive pas.

Le contraste entre leurs sourires éclatants sur ces images d'autrefois et le vide de leur chambre est insupportable. Pourtant, je ne peux m'empêcher de les regarder, encore et encore, ces photographies qui sont un appui à ma mémoire. Parfois, j'ai peur d'oublier leurs visages. C'est le plus terrible : si mes enfants, non contents d'avoir disparu de ma vie, disparaissaient de mon souvenir. L'idée me fait peur.

Un voisin m'a écrit une très touchante lettre de soutien qui évoquait l'idée d'un tunnel. Il disait que dans un tunnel il y a l'espoir de trouver le bout. J'essaie de m'accrocher à cette idée que mon épreuve aura une fin. Si je continue, si j'avance encore comme un petit soldat, sans jamais baisser les bras, je ressortirai de l'autre côté. Je guette une lueur, mais mon univers ne cesse de s'obscurcir.

Je ne sais pas s'ils regardent, eux, les photographies que je leur envoie par courrier ou que je confie au consul pour qu'il les leur remette lors de sa visite trimestrielle. J'ai aussi créé pour chacun une petite boîte de souvenirs. Ce sont des condensés d'amour qui rassemblent des photos, des petits mots, des cadeaux pour chacun, des livres, et que je remplis au fur et à mesure que le temps passe sans nous réunir. Quels souvenirs conservent-ils de moi, de notre famille ? Que subsiste-t-il de moi ou de Tara dans leur mémoire manipulée, malmenée, transformée ? Ont-ils vraiment tout oublié ? Ont-ils cessé de m'aimer ?

Les photos continuent de me faire face et je crois entendre mes enfants qui me demandent de me battre pour eux. Je retrouve un peu d'énergie, retourne dans le salon et entreprends d'explorer les albums de notre passé commun à la recherche de cette énergie que je sens poindre. Images de nos vacances aux sports d'hiver, de nos week-ends en Normandie, de nos étés au bord de la mer, photos d'un quotidien lointain… Eux aussi aimaient replonger dans ces albums pour y piocher des souvenirs.

– Dis, tu te souviens la fois où…

Je revois Sofia, avec un grand sourire édenté car elle venait de perdre une incisive, l'album le plus récent ouvert sur ses genoux, et je lui souris en retour.

Je jette un coup d'œil rapide à ma montre. Il est déjà l'heure d'aller chercher Tara pour le déjeuner. La matinée a filé, mon téléphone est resté silencieux. Je range les albums. La réalité et mes responsabilités me rattrapent. Je ne les fuis pas, mais je regrette celles dont on m'a privée.

– 16 –

UNE BOUFFÉE D'AIR

En décembre 2012, Enrique Peña Nieto accède officiellement à la présidence de la République. Je retiens mon souffle et attends la suite des événements, portée par l'espoir. Cela vient vite : quasi immédiatement après sa prise de pouvoir, je perds mon *amparo*.

Je fixe le mail que je viens de recevoir de mon avocate mexicaine, sans en croire mes yeux. Enrique m'a menti. Il m'a manipulée pour que je me taise et ne fasse pas de vagues. Maintenant qu'il est au pouvoir, il n'a plus besoin de moi et j'ai perdu.

Je ne parviens pas à comprendre comment c'est possible. Je reçois des explications incohérentes. Un premier tribunal se serait déclaré incompétent, un second juge qu'il aurait fallu réentendre les enfants. L'affaire a donc été renvoyée en première instance. Je viens de perdre un an. Une année entière !

J'essaie de joindre mon avocat français pour lui raconter ce qu'il vient de se passer et me faire conseiller sur la suite des événements. Malheureusement, trop pris, il ne répond pas à mes messages ni ne me donne de nouvelles.

Tremblante comme une feuille, je vais en titubant jusqu'à ma chambre où je m'abats sur mon lit. J'éteins la lumière et tire la couette sur mon visage. Je n'ai plus aucun espoir.

Le lendemain, j'ai vidé les placards des enfants de leurs vêtements trop petits et je les ai donnés.

Arrive le premier anniversaire de leur départ. Jamais je n'aurais cru que cela durerait si longtemps. Je commence à prendre conscience que mon calvaire ne touche pas à sa fin, qu'il peut encore durer, indéfiniment peut-être. Parfois je me dis, épouvantée, qu'ils ne reviendront jamais, puis je chasse cette pensée qui m'empêche de respirer.

Nous fêtons Noël en famille réduite. J'achète trop de cadeaux, incapable de renoncer à l'idée de gâter aussi mes trois aînés. Les fêtes sont si tristes et, pourtant, c'est la vision de Tara seule devant la montagne de paquets déposés au pied du sapin qui me remet d'aplomb. Galvanisée par cette injustice qui nous est faite, je reprends des forces, je retrouve ma combativité. En guise de bonnes résolutions, je dresse un véritable plan de bataille. Je récapitule toutes mes possibilités, je fais des tableaux et décide de procéder méthodiquement. Action par action. Quelque chose finira par marcher, il le faut. Sur mon agenda, la liste des courses et les corvées administratives se mélangent désormais aux démarches à faire pour les enfants. Entre téléphoner à ERDF et à la prof de danse, il est noté de rappeler le consul et d'écrire au cardinal. Le combat fait partie de mon quotidien.

*
* *

Le 9 janvier, je fête mon anniversaire avec quelques amis. Dans l'espoir qu'Arturo demandera aux enfants de m'appeler, je garde mon téléphone en main toute la soirée.

Ils n'appellent pas.

*
* *

J'ai appris récemment par la directrice de l'école, au cours d'une banale conversation, qu'un peu avant le départ définitif des enfants elle pensait que nous étions en train de préparer un changement d'école.

– Qu'est-ce qui vous avait fait croire ça ?

– Eh bien, quand on me demande les derniers bulletins et les attestations de scolarité, en général, c'est pour une inscription ailleurs.

Je la dévisage, interloquée.

– Je ne vous ai jamais demandé ces documents.

La directrice a l'air gênée. Elle me raconte que ça s'est passé par téléphone et qu'une femme prétendant être moi a demandé qu'on lui envoie les documents. Elle n'avait pas reconnu ma voix et s'était méfiée, mais n'avait pas su comment réagir.

– Vous aviez faxé les bulletins des enfants ?

– Non, bien entendu. Je l'avais rappelée pour lui dire qu'elle pouvait passer les prendre à l'école.

– Et vous avez toujours le numéro ?

– Sûrement, je conserve tous les agendas.

Par chance, elle le retrouve rapidement. Aussitôt à la maison, je fais l'annuaire inversé sur Internet et tombe sur le cabinet d'avocats qui représente Arturo en France. Le nom de la collaboratrice de ce même cabinet figurant en bas de la main courante déposée par les nounous me revient en mémoire. À deux reprises, ils se sont donc compromis dans ce qui est un enlèvement international d'enfants. Cette fois c'en est trop. Portée par une colère toute fraîche, je contacte aussitôt un nouvel avocat qu'on m'a recommandé et je porte plainte contre le cabinet français d'Arturo. Les charges sont lourdes : subornation de témoins, faux et usages de faux. C'est le début de mes démarches au pénal, mais je ne vais pas m'arrêter là.

Désormais dégagée de ma parole envers Enrique, je reprends de plus belle la médiatisation. Je réponds à toutes les sollicitations, je donne des interviews, je dis oui à tout, tout le temps, je sonne à toutes les portes. Mon père, catastrophé par la situation, se démène et parvient à me faire rencontrer son député. Philippe, quant à lui, me présente Éric Besson avec qui il est en relations d'affaires. L'homme politique nous écoute avec compassion et me dit :

– Il faut médiatiser. N'écoutez personne vous dire le contraire. Médiatisez. Soyez partout. C'est votre seule chance.

En février, poussée par Aurélie dont l'énergie ne faiblit pas et qui n'est jamais à court de bonnes idées, j'ouvre un compte Facebook et un compte Twitter. Nous créons aussi un site dédié aux enfants : sofiaadrianalexi.com. Philippe me demande de ne pas utiliser publiquement mon nom de femme mariée, je suis choquée, mais j'accepte. Dans les médias, sur Internet, je suis donc Maude Versini, mon nom de jeune fille.

Internet, c'est une bouffée d'air. Aussitôt, les messages affluent. Dans l'immense majorité, ce sont des mots de soutien et de consolation. Je trouve un grand secours dans ces preuves d'affection et de compassion. Comme je suis originaire de Corse, beaucoup de lettres me viennent de là-bas. C'est aussi un soulagement de pouvoir parler à des gens qui vivent le même calvaire que moi. Car je reçois, très vite, des témoignages de parents, hommes ou femmes, qui sont dans le même cas et qui écrivent pour partager leur peine ou pour me demander des conseils. Nous sommes perdus, tous, dans les rouages obscurs de systèmes judiciaires étrangers. Nous sommes dévorés par l'absence, par l'incertitude, par les doutes. Nous nous comprenons les uns les autres et c'est un soulagement inouï. Une femme n'a pas vu ses enfants depuis quatre ans. Quatre ans ? Je suis horrifiée, comment peut-on y survivre ? Une autre me dit qu'elle préférerait savoir les siens morts qu'ignorer où ils sont. Cela m'aide à relativiser. Je me dis que j'ai de la chance, dans mon malheur, car moi, je sais où sont mes enfants. Ils sont bien traités, même si on ne les élève pas à ma façon, ils sont avec un parent et je peux leur parler de temps en temps, même si ce n'est que quelques minutes tous les quelques mois. Il y a des gens qui ne revoient jamais les leurs, comme les travailleurs philippins ou sud-américains qui passent leur vie entière dans un pays étranger, se sacrifiant pour l'avenir de leur famille. Il y a des familles dont un enfant a été enlevé par un inconnu. Il y a des parents en deuil. J'ai de la chance, c'est ce que je me répète toute la journée. Beaucoup de chance.

La médiatisation est parfois difficile. On me reproche d'être froide. Un jour que je m'effondre en larmes à la fin d'une émission, vidée, la présentatrice s'exclame d'un ton déçu :

– Ah ! mais c'est ça que j'aurais aimé avoir à l'antenne !

Un autre jour, lors d'une interview, la journaliste verse des larmes tout au long de mon discours tandis que moi, je retiens les miennes. Mais comment leur faire comprendre que si je me laissais aller, je serais engloutie ? Je cadenasse fermement mes émotions, je l'ai toujours fait dans les moments difficiles. Je suis incapable de me laisser aller en public. Ce n'est pas ainsi que j'ai été élevée. Quand j'arrive sur un plateau ou quand je suis face à un étranger, je me blinde. Je me fais violence par politesse, pour retenir mes larmes. Je suis là pour faire passer un message, pas pour me donner en spectacle. Comme un boxeur avant de monter sur un ring, je suis tout entière dans la pensée du combat et je sens descendre en moi un grand calme qui me permet d'être claire et concise. C'est également grâce à cette maîtrise de mes nerfs que j'arrive à garder le contact avec mes enfants, parce que quand ils me répondent avec dureté, quand ils me disent « J'ai pas envie de te parler, Maude, tu me déranges, là », alors que je ne vis depuis des semaines, parfois des mois, que dans l'attente de ce moment où je vais entendre leurs voix chéries, j'encaisse. Je parviens à répondre doucement : « Ce n'est pas grave, mon chéri, tu n'es pas obligé de me parler. Sache simplement que je t'aime. Peux-tu me passer ta sœur ? » J'articule ces mots qui me déchirent le ventre avec un sourire. De même encore, lorsque je parle à Arturo, je dois retenir mes larmes, sinon il raccroche, excédé. Devant Philippe non plus, je ne me laisse pas aller. Le combat que je mène empiète assez sur notre vie de couple, sur notre vie amoureuse, sur notre vie de famille, pour que, lorsque nous sommes ensemble, je ne passe pas en plus mon temps à me lamenter. Alors non, je ne pleure pas, du moins le moins possible. Je me retiens.

Je tire cette force de mon enfance. Mon frère, mes sœurs et moi n'étions pas encouragés à nous laisser aller. Nous étions très désireux de satisfaire notre père – et il était exigeant ! De dix à quatorze ans, j'ai été championne de gymnastique et de natation des Hauts-de-Seine, puis d'Île-de-France. J'avais dix heures d'entraînement sportif hebdomadaire, sans compter la danse classique que je pratiquais trois heures par semaine, en plus de l'école et des devoirs. À la maison, c'est notre mère qui nous donnait l'amour et l'affection, se dévouant complètement à nous. De notre père venaient l'exigence et la discipline. Mais c'était sa façon à lui de nous aimer. Je l'admirais, je le craignais, je voulais le rendre fier. J'en ai retiré une grande force, la force d'une sportive, et une capacité d'endurance qui me sauvent.

Sinon, comment tiendrais-je ?

*

* *

Cette nuit, j'ai rêvé que les enfants étaient là. C'était un songe puissamment réaliste. Sofia passait dans le couloir en discutant avec Tara qui la suivait en trottinant. Émerveillée, j'avançais derrière elle et j'apercevais Adrian, dans la salle de bains, occupé à se laver les dents. Nos regards se croisaient dans le miroir et, la bouche pleine de dentifrice, il m'adressait un sourire malicieux.

Le réveil est insupportable.

– 17 –

FBI, SORCIERS VAUDOUS ET COMPAGNIE

Un petit mot dans ma messagerie Facebook attire mon attention. Un homme prétend pouvoir m'aider à récupérer les enfants. Il dirige une agence spécialisée dans l'extraction de civils. Ils ont étudié mon cas et ont une proposition à me faire. Évidemment, ils n'en diront pas plus, ni sur Facebook ni au téléphone. Ils me proposent de venir les rencontrer à Miami.

Philippe demande à un de ses associés qui vit aux États-Unis de se rendre au rendez-vous. Guère enchanté à cette perspective, il accepte toutefois par amitié pour nous. Le jour dit, il se rend dans le Starbucks d'une banlieue de Miami et s'installe comme convenu à l'intérieur. Après quelques instants d'attente, il est abordé par un couple qui lui demande de le suivre. N'en menant pas large, il obtempère non sans nous avoir envoyé un message pour nous tenir au courant, Philippe et moi, qui sommes évidemment, à l'autre bout du monde, aux aguets devant notre téléphone, dévorés de curiosité.

Ils traversent un parking, entrent dans un building et vont jusqu'à un bureau où on lui demande de remettre ses clés, son téléphone et tous ses objets personnels. Sous ses yeux, ses possessions sont enfermées dans une boîte métallique. On le fouille puis on le fait passer dans un autre bureau où l'attendent plusieurs personnes. Ce sont des agents du FBI, certains fraîchement retraités, d'autres encore en exercice. Ils font un bref exposé de la situation. On voit qu'ils ont préparé la question : ils connaissent l'adresse d'Arturo, le nombre et le nom de ses gardes du corps comme de ceux des enfants. Ils connaissent aussi, ainsi qu'ils le font subtilement deviner à notre ami, des détails personnels sur Philippe et moi, comme les restaurants que nous fréquentons. Ils affirment être en mesure de récupérer les enfants.

– Pas sans violence, toutefois ; à cela nous ne pouvons nous engager. Mais les enfants seront livrés sains et saufs.

Notre émissaire pose quelques questions. Il évoque notamment la difficulté de l'après, dont nous avons parlé ensemble. Qu'est-ce qui nous garantit qu'Arturo n'emploiera pas ensuite les mêmes méthodes pour reprendre les enfants ? Nous vivrons dans la peur, dans l'illégalité aussi. L'homme répond sans sourciller :

– Cela coûtera plus cher, mais je peux aussi vous proposer une solution définitive au problème que représente Arturo Montiel...

Terrifié, notre ami hésite à comprendre qu'ils sont en train de lui proposer d'éliminer purement et simplement un homme politique mexicain. Il n'a qu'une hâte, se sortir de-là.

Aussitôt de retour à sa voiture, il nous appelle pour tout nous raconter et conclut en nous priant, à demi sérieusement, de le laisser désormais hors de cette affaire. Philippe et moi avons presque un fou rire à imaginer son aventure. Ça nous fait du bien, parfois, de pouvoir en rire.

À cet instant, mon téléphone sonne. Notre contact du quai d'Orsay me demande d'un ton inquiet si nous n'envisageons pas de faire une folie.

– Il faut garder espoir, Maude. Ne commettez rien d'irréparable.

Faut-il comprendre que je suis sur écoute ? Est-ce une simple coïncidence ? Cela nous fait passer l'envie de plaisanter. Je réponds sèchement :

– Si je suis sur écoute, ne me dites plus jamais qu'il s'agit d'une affaire privée et que vous ne voulez pas vous en mêler !

Je raccroche, furieuse et blessée.

Évidemment, je n'ai jamais envisagé sérieusement d'enlever les enfants à mon tour. Pourtant, ce n'est pas la seule fois qu'on me l'a proposé. Un véritable business de l'ombre s'est développé autour du drame que vivent certaines familles comme la mienne. On m'a notamment recommandé les services d'une agence israélienne composée d'ex-agents du Mossad. On m'a parlé aussi d'une bande de Corses assez sérieux basés en Bolivie qui avaient, m'a-t-on assuré, les moyens de me les ramener. Mais je refuse de les soumettre à un tel traumatisme et de mettre leur vie en danger. Les gardes du corps qui veillent sur eux sont armés, quelque chose pourrait mal tourner. Pourtant, comme dans les rêves de Tara, j'imagine parfois des opérations de secours où l'on arrive au-dessus de la propriété en hélicoptère et où il suffit de dérouler une échelle pour que les enfants grimpent et me rejoignent. Et tout serait fini.

Internet est une fenêtre entre le monde et moi et j'y ai été contactée par tous les escrocs et les vautours qui peuplent la Terre. Des sorciers vaudous, des voyants, des télépathes m'ont proposé leurs services. Alors que j'avais écrit sur mon mur que je n'avais aucune idée de ce à quoi ressemblaient mes enfants aujourd'hui, car je ne les avais pas vus depuis tellement longtemps, j'ai reçu un mail de quelqu'un qui prétendait les apercevoir tous les jours.

« Je suis bouleversé par votre histoire et je peux prendre des photos si vous voulez. »

J'ai aussitôt sauté sur l'occasion :

« Pouvez-vous leur transmettre un message de ma part ? », ai-je demandé.

« Non, mais si vous me donnez 1 000 euros, je vous enverrai leur photo car j'ai beaucoup de peine pour vous », m'a répondu cette noble personne.

De fureur, j'ai écrit à Arturo qu'il y avait un traître dans sa propre maison. Je ne sais pas s'il a donné suite.

Parfois aussi, j'ai écouté. J'ai payé des marabouts pour qu'ils me disent que je reverrai mes enfants. Juste pour me l'entendre dire. Juste pour pouvoir y croire encore.

– Je vois une grande famille. Je vois beaucoup de bonheur. Bientôt, vous allez recevoir une visite surprise de quelqu'un que vous attendez…

J'ai bien conscience qu'on me dit ce que j'attends, rien de plus. Mais ça fait parfois du bien et j'écoute en souriant rêveusement les magnifiques prédictions du marabout.

– 18 –

L'ABSENCE

Au Mexique, je continue mes démarches, inlassablement, comme une petite fourmi. La procédure a recommencé de zéro depuis que j'ai perdu l'*amparo*, mais cette fois on juge tout à l'inverse, alors même qu'il n'y avait aucun élément nouveau au dossier qui puisse justifier cette décision, et le tribunal se prononce en première instance contre la restitution des enfants. Je lis, incrédule, le jugement : les enfants ont été déclarés suffisamment mûrs pour décider eux-mêmes de leur lieu de résidence et ils ont choisi de rester chez leur père. L'absurdité de la situation me rend folle : des enfants de huit et sept ans, dont un qui souffre d'autisme, séparés de leur mère dont on leur dit des horreurs, auraient la maturité nécessaire pour décider par eux-mêmes ? J'ai envie de hurler.

Je ne me laisse pas abattre, je fais appel et réclame au tribunal le respect du droit de visite. On ne peut pas me le refuser, le lien avec la mère doit être préservé, tout le monde s'accorde au moins sur ce principe. Or la réponse est mitigée : on m'impose de me soumettre d'abord à une analyse psychiatrique. J'accepte et prends aussitôt mes billets pour me rendre à Toluca. Je suis très émue, je me trouve à deux kilomètres à peine de leur résidence. Sur le chemin du rendez-vous avec la psychologue, je regarde partout autour de moi, dans l'espoir de les apercevoir. Ce n'est pas impossible, n'est-ce pas ? Je pourrais avoir de la chance. La moindre silhouette d'enfant dans la rue me compresse le cœur.

Une femme me reçoit dans un bureau du tribunal. Elle se présente comme la thérapeute des enfants. Elle est tout sourire, mielleuse, mais sous son regard inquisiteur je me rétracte. Je me sens mal à l'aise, je suis éprouvée par le voyage et par les espoirs déçus de ces derniers mois. Cette expertise si importante, dont j'espère repartir avec un droit de visite, me terrifie. Je n'ai aucune confiance en cette femme dont je sais qu'elle est payée par Arturo. Mais il faut que j'en passe par là.

Dès que je m'assieds, je fonds en larmes. Elle affecte une grande gentillesse, me tend des mouchoirs puis me pose des dizaines de questions, me fait remplir des tests abscons, me montre des images que je dois analyser. Je réponds à tout, pendant deux heures, entre mes sanglots. À la fin, elle me serre la main et me raccompagne jusqu'à la porte.

Le lendemain, je reçois le verdict : me jugeant trop émotive, elle ne pense pas qu'une rencontre avec les enfants soit une bonne chose pour eux. Je risque de les perturber. Elle s'oppose donc à mon droit de visite.

Et être privés de leur mère, cela ne risque-t-il pas de perturber des enfants de six et sept ans ? Je me reprends : *Sept et huit ans*. Car ils grandissent loin de moi, la vie s'écoule inexorablement alors que je suis soumise au bon vouloir d'un homme qui les séquestre en dépit du droit international, protégé par une administration qui m'est hostile. Je demande à faire réaliser une contre-expertise. Cela m'est refusé. Je ne gagnerai pas sur le terrain d'Arturo. Tant que les choses se dérouleront à huis clos, il ne me laissera jamais récupérer les enfants.

*

* *

Au téléphone, Alexi me dit :

– Si tu revenais avec papa, Maude, tout serait réglé.

Je m'efforce au calme.

– C'est impossible, ton papa est remarié. Et moi aussi. Et puis il y a Tara.

– Papa prendrait Tara aussi.

Je ne sais que répondre. Parle-t-il pour son père, ou bien est-ce un rêve de petit garçon ? Je n'ai pas le temps d'en savoir davantage, il a raccroché.

*
* *

Sur Twitter, je reçois une photo prise de loin et un peu floue, mais sur laquelle je reconnais sans hésitation Alexi. C'est un stade de foot, il est dans les tribunes présidentielles au côté de son père. Un petit mot accompagne la photo :

« J'ai cru reconnaître votre fils, j'ai essayé de le prendre en photo pour vous. Courage. Nous sommes avec vous. »

Je ne me lasse pas de contempler l'image. Comme il a grandi ! Comme il paraît changé ! Il aime donc toujours le foot ? Est-ce qu'il y joue ? Que de détails on peut tirer d'une si pauvre image ! Que de plaisir !

*
* *

Grâce à Facebook et à Twitter, sur lesquels je poste des messages en espagnol, je sens petit à petit un changement qui me fait espérer que je suis en train de gagner la bataille de l'opinion. Les Mexicains sont avec moi. Arturo a beau être tout-puissant, on ne comprend pas là-bas, au pays de l'enfant roi, qu'il ose priver une mère de ses enfants. Les gens sont choqués, ils ont de la peine pour moi. Et eux qui connaissent la vie politique de leur pays, ils savent que c'est David contre Goliath. Tous les jours, je reçois des messages de soutien de la part d'anonymes. Ils me donnent la force, certaines fois, de continuer à me battre.

Mais pour chaque victoire, Arturo me punit. Chaque fois qu'un papier sort, je n'ai plus de nouvelles pendant des mois. Je sais ce que je risque, et pourtant, si je ne fais rien, je ne les reverrai jamais.

*

* *

Tara se réveille encore chaque nuit. Tous les jours, elle parle de ses frères et sœur. Je ne lui ai pas dit qu'ils refusent ses dessins, ses cadeaux, et même de parler d'elle, d'après ce que me rapporte le consul. Comme je vois qu'elle ne va pas bien, je remplis la maison d'amis. J'invite mes copines et leurs enfants en week-end, en vacances. Je comble les vides et les silences. Pour la fille qui me reste, je dois être forte. J'ouvre grandes les portes et laisse la maison se remplir à nouveau de joie. J'ai de la peine, parfois, quand je regarde ceux qui connaissaient les jumeaux et Alexi, ceux qui ont le même âge, mais je m'interdis de le montrer. J'invente des jeux, j'organise des parties de chat ou de cache-cache et nous retrouvons le plaisir d'être nombreux, d'être heureux. Je sais que mes amies ont pour moi des attentions délicates. Aurélie ne vient plus jamais accompagnée de sa fille qui a l'âge de Sofia. Une autre ne me parle plus de ses propres enfants. Je suis touchée. Je prétends que tout va bien, je souris, je demande de leurs nouvelles. J'organise des dîners et quand je suis certaine que la conversation a pris, dans le brouhaha des jeux et des plaisanteries, je me rassemble en moi-même, perdue dans mes souvenirs.

Parfois, c'est trop dur. Je voudrais changer Tara d'école, ne plus croiser chaque jour les enfants de la classe des jumeaux ou d'Alexi. Mais Philippe ne veut pas, il trouve que les choses sont déjà suffisamment douloureuses pour elle, qu'elle a besoin de son équilibre. Je serre les dents.

*
* *

Le 23 mars 2013, pour le deuxième anniversaire que les jumeaux fêtent sans moi, à mon grand plaisir, le téléphone sonne. C'est Arturo qui veut me passer les enfants. Mon cœur bat trop fort mais comme d'habitude je me contrains au calme. Aujourd'hui, ils me paraissent moins froids que d'ordinaire. Je leur demande ce qu'ils ont prévu.

– Oh, on va faire une grosse fête.

Quand je repense à la cérémonie qu'avait organisée Arturo pour leur premier anniversaire, je n'ai aucun mal à les croire et je laisse échapper un petit rire. C'est si bon de les entendre, d'imaginer leur plaisir. Je leur pose quelques questions sur l'école, sur leurs activités, quand soudain Adrian chuchote dans le téléphone, d'une voix précipitée, comme s'il avait peur d'être surpris :

– Tu pourrais m'envoyer une lettre ? Et pour Sofia aussi ? Elle a dit qu'elle voulait pas de cadeaux, juste une lettre ou une photo. Au revoir, maman.

Il a raccroché. Je rappelle, Arturo ne me prend pas. Je retourne les derniers mots de mon fils dans tous les sens, jusqu'à les vider de leur substance, j'essaie de lire entre les lignes. Avait-il peur qu'on lui interdise de me demander une lettre ou une photo ? Je leur manque, alors ?

– Réjouis-toi, me dit mon amie Aurélie. Ils t'aiment et tu leur manques.

Mais je m'effondre. Je crois que je préfère encore les savoir cadenassés contre moi. Je connais trop la douleur du manque. Je ne peux pas supporter l'idée qu'ils la ressentent.

*
* *

Aujourd'hui, à un goûter d'anniversaire, un enfant a demandé à Tara si elle avait des frères et sœurs.

– Oui, deux grands frères et une grande sœur, a-t-elle répondu fièrement.

– Ils ont quel âge ? a demandé l'enfant.

Ma fille a baissé la tête.

– Je ne sais pas, je ne les vois plus.

*
* *

J'écris à Laurent Fabius. Partout, je rencontre le silence ou cette réponse malaisée : c'est un dossier délicat, difficile, sensible, particulier, privé… Si les adjectifs pour qualifier mon affaire sont légion, tous cachent la même réalité : le gouvernement ne veut rien faire pour moi. Et pourtant, des conventions internationales sont bafouées. Et pourtant, des enfants français ont été enlevés. Et pourtant, une mère se bat, seule.

*
* *

– Oh ! Regarde-moi ça ! Nikos Aliagas ! C'est énorme, 769 000 followers !

C'est Aurélie, aussi insomniaque que moi, qui chuchote fébrilement dans le téléphone.

– OK ! Je lui écris !

Je passe désormais mes nuits sur Twitter. Je cherche les gens les plus connus, ceux qui ont le plus de followers, et je leur demande de l'aide. Je n'ai plus peur à présent, plus de honte, plus d'arrière-pensées. J'écris donc à Nikos Aliagas, à Julien Courbet (161 000 followers), à Inès de la Fressange (93 200 followers), à Daniela Lumbroso (35 400 followers)… La plupart répondent, retweetent mes messages, m'adressent quelques mots d'encouragement. De la part des Mexicains aussi je reçois de plus en plus de messages de soutien. Cela commence même à ressembler à une véritable campagne spontanée. Beaucoup postent des tweets à Carmen Aristegui, une journaliste indépendante qui n'hésite pas à affronter le pouvoir en place, en lui demandant de m'interviewer. Elle est à la tête de plusieurs programmes, notamment une émission radio, « Noticias MVS », la matinale d'information la plus écoutée du Mexique. Ce serait une véritable chance qu'elle s'intéresse à mon sort. Elle est courageuse et son audience est considérable. Ce qui n'est pas rien quand on se souvient que le Mexique est classé par Reporters sans frontière à la 148e place sur 180 pays en matière de liberté d'information…

D'autres twittos me souhaitent simplement du courage, une bonne soirée, ou bien me proposent leur aide pour traduire des documents. Ils me font suivre des articles aussi. Leur générosité me soutient, me réchauffe.

Je passe aussi de plus en plus de temps en communication avec des parents qui vivent la même chose que moi. Nous nous tenons au courant des avancées de nos cas, des espoirs et des déceptions, parfois nous pleurons simplement, d'autres jours nous imaginons des actions collectives, ou encore nous échangeons des plaisanteries absurdes. L'humour permet parfois de tenir encore un peu. Nous partageons notre impuissance. C'est un soulagement de se sentir compris. Eux aussi affrontent tous les jours l'indifférence, voire la méfiance de ceux à qui ils racontent leur histoire. Parfois, l'un d'entre nous poste une photo de lui, extatique, serrant dans ses bras un enfant, et nous comprenons qu'il a gagné. Alors, c'est notre victoire à tous. Nous regardons cette photo et nous nous réjouissons. Un jour, ce sera notre tour. Parfois, aussi, l'un d'entre nous abandonne. « Je n'ai plus la force de me battre. » Et nous comprenons. Nous seuls pouvons comprendre.

*
* *

Parfois, on voudrait pouvoir fuir la tristesse.

Alors nous partons en week-end avec Tara, Philippe, des amis. Nous voyageons, nous rions, nous partageons de bons moments et, pendant un jour, deux jours, une semaine, je ne fais rien, plus un geste pour mes enfants. Je me repose. Mais quand je reviens à ma vie, la culpabilité est insoutenable. Voilà encore un jour, deux jours, une semaine envolés, qui ne reviendront jamais. Sans ces bulles d'air, je ne tiendrais pas le coup.

– Maude, ressaisis-toi, me dit Aurélie. Il faut se battre.

– Je n'en peux plus, c'est trop dur.

Alors mon amie me dit :

– D'accord, repose-toi une semaine, avant de retourner sur le ring.

– 19 –

Changement de stratégie

L'hiver est glacial. Je raccroche une fois de plus déçue d'un appel au bureau d'entraide. Mon dossier, le numéro 5809, ne les intéresse pas. J'ai l'impression que leur position est de se dire que si ça ne marche pas pour celui-là, ça ira peut-être pour le suivant. Rien n'est vital pour eux, mais ce fatalisme qui confine à la désinvolture m'est insupportable. C'est à eux que j'ai confié mon combat et leur indifférence me tue. La conscience du temps qui s'écoule me soulève le cœur. Je décide de changer de méthode. Face au manque de disponibilité de mon avocat en charge du volet familial, je contacte, Dominique Chavat, qui s'autoproclame la meilleure avocate en matière d'enlèvement international d'enfant. Très bien, voyons ça.

Me Chavat me reçoit rapidement dans un grand bureau où des dossiers s'empilent sur les tables et jusque sur la moquette, atteignant des hauteurs vertigineuses. Enchaînant cigarette sur cigarette, elle commence par dresser un brillant portrait d'elle-même et de son cabinet. Puis elle me dit :

– Vous auriez dû porter plainte au pénal tout de suite. C'était la première chose à faire.

– Tout le monde me l'a déconseillé. On m'a recommandé d'attendre, d'être discrète. Une plainte au pénal risquait de compromettre les négociations internationales.

– Ah. Et elles ont abouti, ces négociations internationales ?

Je suis bien obligée d'admettre que non.

– Ben voilà, il fallait déposer plainte.

Elle est si sûre d'elle, si mordante qu'elle ne peut que réussir, me dis-je. Elle accepte de prendre mon affaire et me rassure : elle va régler ça vite.

J'acquiesce, moins confiante qu'elle, mais ça vaut la peine d'essayer. Nous déposons donc plainte au pénal en France contre Arturo Montiel pour enlèvement.

Quelques semaines plus tard, je reçois une première facture du cabinet de Dominique Chavat : 1 500 euros me sont réclamés pour une réunion à laquelle elle a assisté au quai d'Orsay en compagnie de sa consœur. Je la rappelle : je n'ai pas besoin qu'elle aille à des réunions au quai d'Orsay, j'en ai fait moi-même plus que mon comptant.

– Laissez-moi agir à ma façon, me répond-elle.

La semaine suivante, je reçois une nouvelle facture, exorbitante, pour ce coup de fil de quelques minutes que nous avons échangé. Je commence à m'inquiéter. L'argent file à toute vitesse. Depuis mon divorce, je vis de la pension que me verse Arturo. Une pension généreuse mais qu'il a coupée net quelques mois avant l'enlèvement, pour m'assécher, comme je le comprends à présent. L'argent, c'est le nerf de la guerre en matière d'enlèvement international d'enfants. Tout est très onéreux. Les procédures au Mexique, ainsi que les voyages, m'ont déjà coûté beaucoup. J'ai commencé à vendre mes bijoux, mais je répugne à me séparer de l'appartement car je veux que les enfants retrouvent leur chambre comme ils l'ont laissée, quand ils reviendront. Je veux qu'ils aient un cocon afin que le passé leur revienne, les souvenirs de notre vie ensemble, de notre bonheur. Je ne peux pas déménager.

J'emprunte de l'argent à mes parents ainsi qu'à certains de mes proches d'un soutien sans faille. Mais au bout de deux mois, alors qu'il n'y a aucune avancée, le cabinet d'avocat m'a déjà coûté 10 000 euros, et la procédure n'a pas encore commencé.

C'est à ce moment qu'Aurélie me présente Pierre-Olivier Sur, son beau-frère. Cet avocat connu et médiatique est sur le point de devenir bâtonnier de Paris. Certains me déconseillent pourtant de lui confier mon affaire. Le bâtonnat est un poste éminemment politique, il aura peut-être moins de latitude à sortir mon cas, justement, de la sphère privée dans laquelle on veut l'enfermer. Or j'ai compris à présent qu'il faut au contraire que je la fasse exister sur le plan politique et international, car c'est contre un homme politique en vue que je me bats et que les conventions internationales dont la France et le Mexique sont signataires n'ont pas été respectées. L'affaire n'est plus privée depuis longtemps. Mais Me Sur est un excellent juriste, c'est une chance d'avoir accès à lui. Je confie toutes les procédures à Me Sur, ou plutôt à sa collaboratrice Clémence Witt, sur qui j'ai la chance d'être tombée. Enfin j'ai la conviction d'être entre de bonnes mains. Cette frêle jeune femme blonde, toute jeune, est une professionnelle féroce et un vrai bourreau de travail. D'une très grande agilité intellectuelle, intuitive, formidable négociatrice, trilingue, elle va désormais chapeauter de main de maître l'ensemble des procédures. Elle est l'alliée que j'attendais.

En plus de la négociation internationale menée par l'autorité centrale, deux procédures judiciaires sont en cours contre Arturo, une en France et une au Mexique où mon appel vient d'être rejeté. Il semblerait en effet que mon dossier souffre d'un vice de forme. J'enrage lorsque je découvre que mon avocate, pour éviter de se déplacer en personne à Toluca, a envoyé un stagiaire valider à sa place une des pièces de la procédure. Le stagiaire a imité sa signature, annulant ainsi tout le dossier.

J'ai parfois l'impression de patauger dans un cauchemar. Les enfants sont absents depuis plus de 500 jours et rien ne laisse à penser que je les reverrai de sitôt. Le premier geste de Me Witt est d'organiser un casting d'avocats mexicains pour reprendre la procédure que Veronica Rosso a scandaleusement fait imploser. Je n'ai plus confiance en elle. Aurait-elle été soudoyée par Arturo pour compromettre mon appel ? Je n'en ai aucune preuve, mais la situation est trop grave, et sa faute impardonnable.

Clémence Witt et moi passons trois jours au Mexique, interloquées, partagées entre le rire et l'indignation devant les propositions insensées d'avocats qui me réclament jusqu'à 1 million de dollars. Heureusement que Me Witt est là, nous en faisons presque un jeu et nous parvenons ainsi à dédramatiser. Au bout des trois jours de recrutement, nous avons enfin un candidat de choix. Âgé d'une cinquantaine d'années, les cheveux gris et les yeux bleus, Me Jorge Galicia Romero est à la fois le plus raisonnable de tous et le plus professionnel. Nous tombons immédiatement d'accord pour le retenir et je ne regretterai jamais ce choix.

Indépendant, incorruptible et professionnel, il est toujours mon avocat.

*
* *

Un peu avant l'été, un jour qu'elle me trouve dans la cuisine à regarder fixement par la fenêtre, rêvant une fois encore du retour des enfants, totalement absorbée dans mes pensées, ma mère me fait asseoir et me dit :

– Maude, ça suffit. Tu dois faire attention à toi. J'ai peur pour ta santé. Tu es trop maigre, un vrai sac d'os. Tu dois te ressaisir. Pense à Tara. Pense à ton couple.

C'est un électrochoc. Ce n'est pourtant pas la première fois qu'on me donne ce conseil. Nombreux sont ceux qui m'ont dit de lâcher prise, ou bien d'aller voir un psy, de me protéger. Mais je n'ai jamais voulu, et Philippe non plus. Lui, il a d'abord été animé par la rage de voir notre vie de famille voler en éclats, par la colère d'être mis en cause, traîné dans la boue, exposé au public. Il voulait punir Arturo. Moi, je veux seulement récupérer les enfants. C'est mon idée fixe, mon obsession. Peu m'importe qu'Arturo paie le mal qu'il m'a fait, je veux seulement qu'ils reviennent. Philippe et moi venons de passer une année et demie comme des boxeurs sur un ring. Des guerriers. Je n'ai eu ni le temps ni l'envie de m'asseoir pour parler de moi, de nous. Nous avons mis toutes nos forces dans la bataille. Mais en écoutant ma mère, je comprends que je suis allée trop loin. Je suis au bord de la rupture intérieure. Il faut lâcher un peu de lest.

Pourtant, j'ai de la force et des ressources que je puise dans mon enfance, dans mon passé de sportive, dans la sévérité de mon père aussi, qui m'a donné un cadre solide. Un souvenir me revient, exhumé du passé. C'était un soir d'hiver, je devais avoir une douzaine d'années et j'avais sauté un entraînement de gym. Dix heures par semaine, c'était parfois trop. J'en avais assez de la fatigue, de la douleur. Les blessures sont fréquentes lorsqu'on pratique un sport de haut niveau. J'étais épuisée, il faisait froid, aussi étais-je rentrée directement à la maison après l'école. Vers 20 heures, mon père était arrivé et m'avait trouvée à la maison. Or je n'étais d'habitude jamais de retour avant 21 heures. J'avais balbutié une excuse. Comprenant immédiatement que j'avais séché mon entraînement, il m'avait m'ordonné d'y retourner sur le champ. J'étais partie à pied en direction du gymnase qui devait déjà être fermé. Plus jamais, après ce jour, je n'ai tenté d'échapper à un entraînement, ni même, d'une manière plus générale, de me dérober à l'effort. J'y repense aujourd'hui et je me souviens comme le chemin était long, comme il faisait noir, comme j'étais fatiguée. Mais j'y étais allée. Et alors que j'allais tourner le coin de la rue, une voiture avait ralenti et s'était arrêtée le long du trottoir : c'était mon père qui venait me chercher. En silence, j'avais grimpé à bord et nous étions rentrés à la maison.

Si je veux aller jusqu'au bout de mon chemin, cette fois, il faut que je me ménage. Je vais me ressaisir, me forcer à manger. Cet été, nous partons tous les trois en vacances, Tara, Philippe et moi. Sur la plage, je ferai des châteaux de sable avec Tara et nous nous forçerons au bonheur.

– 20 –

LA BATAILLE POUR LE DROIT DE VISITE

Au retour des vacances, alors que Tara retourne à l'école et que commence une nouvelle année scolaire sans les enfants, je reçois enfin une bonne nouvelle. Le juge fédéral qui instruit l'affaire au Mexique vient d'imposer à Arturo un droit de visite. Je pourrai voir mes enfants. Cette fois-ci, il n'est pas question d'expertise psychiatrique, mais les conditions fixées par le tribunal sont tout de même très strictes : j'avais demandé trois jours et on m'accorde deux heures, dans un lieu de médiation neutre. Il faudra s'en contenter.

Une date est bientôt fixée, quelques semaines plus tard seulement, à mon très grand bonheur. Je ne tiens plus en place, j'ai l'impression que le temps a ralenti, me mettant à la torture.

Les jours s'égrènent, intolérablement longs, nombreux, à tous les autres pareils. Je les occupe en rêvant à nos retrouvailles que je prépare dans les moindres détails. La psychologue qui m'a expliqué le syndrome d'aliénation parentale me donne des conseils pratiques pour m'aider à surmonter les premiers moments qui seront sans doute difficiles, je n'ai pas d'illusions à ce sujet. Surtout, il me faudra rester calme, retenir mes larmes. Être forte. Elle me dit aussi de me préparer avec soin, de me faire belle, de veiller à porter le même parfum qu'à l'époque où ils vivaient à la maison. Elle me donne également l'idée de leur apporter une housse de couette sur laquelle je pourrais faire imprimer une photo de moi, pour qu'ils dorment avec mon souvenir par la suite. Je ne trouve pas où faire réaliser cela, mais je réussis à avoir des taies d'oreiller avec sur une face une photo de chacun d'eux avec moi, et sur l'autre une photo de nous tous, avec Tara.

Je remplis une valise de cadeaux, mais qu'aiment-ils à présent ? Les goûts des enfants changent, les modes aussi. Je vais me renseigner dans des boutiques de jouets. Comme c'est étrange d'interroger une vendeuse pour savoir ce qui plaira à ses propres enfants…

– C'est pour un enfant de quel âge ? Vous connaissez ses goûts ?

Je réponds timidement :

– La dernière fois, il aimait l'Égypte et les dinosaures.

Elle me sourit, ignorant que je suis au supplice. Je prends un peu de tout.

Avant de partir, je vais à l'école filmer leur ancienne classe et je tourne une petite vidéo avec des messages d'amitié de leurs camarades. Je fais aussi des albums photo virtuels des deux dernières années. Puis je pars, le cœur battant.

Le consul m'attend à l'aéroport pour m'accompagner. Il est presque aussi ému que moi. Son chauffeur nous conduit jusqu'au centre de médiation, grillagé, situé dans une banlieue sans âme. Le consul marche avec moi vers l'entrée, me tenant par le bras car j'ai les jambes qui flageolent. De l'autre main, je tire ma valise pleine de présents.

Nous sommes accueillis à l'entrée par un garde qui me confisque tous mes appareils électroniques : téléphone, Caméscope et même l'iPod sur lequel j'ai enregistré toutes les photos que j'avais prévu de leur montrer. Je voulais aussi les filmer car j'ai promis à Tara, que je n'ai pas emmenée avec moi malgré ses prières, de lui rapporter des images de ses frères et sœur. J'insiste, mais l'homme est intraitable.

J'entre.

J'ai peine à croire que je vais pouvoir les toucher, les prendre dans mes bras. Je suis impatiente mais j'ai peur, aussi, de leur réaction. Se montreront-ils froids, distants comme au téléphone ?

Refuseront-ils de me voir ? Je m'enjoins de contrôler mon émotion et je repense à ce que m'a dit la psychologue : « Il faudra briser la glace. » Ces mots ont raisonné très profondément car c'est exactement ce que je ressens : il y a une glace entre mes enfants et moi, une glace de plus en plus épaisse qui les empêche de m'entendre.

J'attends en croisant les mains pour les empêcher de trembler.

Le temps passe, s'étire. On m'a dit que si les enfants étaient en retard, la visite ne serait pas rallongée d'autant, alors je compte les minutes, fébrile. Un quart d'heure. Vingt minutes. Je n'y tiens plus, je me lève, je vais et viens dans la petite pièce où on nous a installés. Le consul, délicat et respectueux de ma tension, ne souffle pas un mot. Le silence est lourd.

Puis j'entends du bruit dans le couloir, des pas qui approchent, je me raidis, le consul me prend la main. La porte s'ouvre et je reconnais le garde de l'accueil :

– Ils ne se sont pas présentés, la visite est annulée.

Ce sont les conditions du tribunal : au bout de trente minutes de retard de l'une ou l'autre partie, la visite doit être reprogrammée.

Le consul a dû me porter jusqu'à la voiture. Il m'a raccompagnée à mon hôtel où j'ai passé la nuit à frissonner, glacée à l'intérieur.

Le lendemain, alors que je traverse l'aéroport en tirant ma valise pleine de cadeaux, désespérée, je suis alpaguée par une équipe de télévision qui m'attendait. Sans retirer mes lunettes de soleil pour masquer mes yeux gonflés par les larmes, je raconte simplement ce qu'il s'est passé : au mépris de la loi, Arturo n'a pas présenté les enfants lors de cette première visite et je m'en retourne en France sans avoir eu le droit de voir mes trois enfants âgés de neuf et huit ans qu'on m'a enlevés depuis 667 jours. Puis j'embarque et quitte le Mexique.

De retour à la maison, quelque douze heures plus tard, je découvre la riposte d'Arturo : ayant vu mon interview, il a convoqué la presse et expliqué qu'il venait de reprogrammer la visite au… lendemain. Il sait bien que je serai dans l'avion, que je n'ai aucun moyen d'être de retour à temps à Toluca. Ce petit jeu sadique me glace. Je n'ai pas les armes pour lutter contre lui.

Au retour de ce voyage, j'ai pris mon courage à deux mains : j'ai dit à Tara que les enfants ne reviendraient pas. Je ne peux plus supporter de l'entendre demander : « Tu crois que Sofia aimera ça ? Et si je mettais cette affiche dans la chambre, tu crois que ça lui plaira quand elle rentrera ? » Je lui ai dit que nous n'étions pas assez fortes, on ne peut pas gagner, pas là-bas.

Tara n'a pas pleuré. Assise sur mes genoux, elle a posé son front sur mon épaule et elle s'est murée dans le silence.

*
* *

On s'habitue à l'absence. C'est peut-être ça le plus atroce. On s'habitue à la douleur, au manque. On s'habitue, on avance et un jour on s'aperçoit qu'on vit encore. Amputé de sa chair, on vit encore. Je me souviens qu'au début je disais : « S'ils ne sont pas rentrés avant l'été, j'en mourrai. » Ou encore, en lisant l'histoire de cette femme privée de ses enfants depuis quatre ans, je pensais : *Moi, je ne tiendrais pas le coup*. On tient, pourtant. On ne meurt pas. La blessure finit par faire partie de vous de manière si intime qu'elle *devient* vous. On ne sait plus qui on était autrefois. Le jour où Arturo m'a pris les enfants, il a changé ma vie. Il m'a changée. Plus rien ne pourra jamais être comme avant. Je suis devenue petit à petit cette femme calme et maîtresse d'elle-même, capable de prononcer le nom des petits qu'elle n'a pas vus depuis deux ans sans un frisson apparent, sans un tremblement dans la voix, sans une larme. Je suis devenue cette femme capable d'organiser un dîner, de faire du shopping, d'aller à la gym, alors que ses enfants sont absents depuis des années, et peut-être encore pour des années. Car je suis aussi la mère de celle qui reste. J'accomplis les tâches du quotidien sans me soucier d'être jugée. Parce qu'il faut se battre. Parce qu'il faut vivre. Et parce qu'il y a d'autres enfants, il y a Tara à qui on a arraché ses frères et sœur et qui a le droit d'avoir une enfance, le droit d'avoir une mère capable de marcher droit. Alors je marche.

Mais quand je n'en peux plus, je vais chez Aurélie ou chez Alexandra, je m'assieds sur le canapé et je pleure longuement, sans retenue.

*
* *

J'ai trouvé aujourd'hui, au cours d'une de mes longues explorations sur Internet, une photo de Sofia jouant du violon dans un orchestre. Cela m'a fait plaisir.

*
* *

En novembre, le juge fédéral impose une nouvelle date pour une visite, la troisième en comptant celle qu'Arturo a organisée alors que j'étais dans l'avion. Elle est fixée au 20 décembre. Cela me paraît bon signe, cela fera deux ans exactement qu'ils sont partis. À nouveau, je prends mon billet, à nouveau me voilà à Toluca. Le centre installé dans une ancienne école, en plein centre-ville. Comme la dernière fois, j'ai deux heures. Comme la dernière fois, on me confisque mes appareils et mon téléphone à l'entrée, mais je m'y attendais et j'ai fait imprimer des dizaines de photos pour les enfants.

De l'autre côté des grilles m'attend Nora, la psychologue qui avait rendu un avis négatif pour que je revoie mes enfants. Je me raidis à sa vue mais elle me sourit – tout en me scrutant avec insistance de son regard inquisiteur et hostile. Pas question de craquer. Et puis sa présence me donne de l'espoir car c'est la preuve que les enfants viendront. Je lui rends son sourire. Nous nous installons dans une salle vide. D'un ton légèrement supérieur, elle m'explique les conditions mises au point pour la visite : elle sera présente tout du long, je n'aurai pas le droit de parler français parce qu'il faut qu'elle comprenne tout ce qu'on se dit. Elle prendra des notes et déterminera ainsi s'il est judicieux pour les enfants de me revoir. Je hoche la tête. Très bien, tout ce qu'elle voudra, du moment qu'ils viennent.

– Je vois que vous avez apporté des petits cadeaux ?

Elle désigne la valise que j'ai ouverte et d'où débordent les paquets.

– Vous allez devoir les ouvrir.

Interloquée, je la fais répéter. Affichant toujours ce même sourire glaçant, elle répond :

– C'est la procédure. Je dois voir ce qu'il y a à l'intérieur, pour la sécurité des enfants.

– Voyons, ce sont des jouets. Que voulez-vous qu'il y ait dans ces paquets ?

– Je dois m'assurer que ce sont des cadeaux adaptés.

Il y a sur terre des personnes mauvaises et cette femme en fait partie. Je pousse la valise vers elle et lui dis :

– Eh bien, ouvrez-les vous-même.

Mais voyant comme elle déchiquette les emballages qui jonchent bientôt le sol, je les lui reprends et finis de déballer moi-même mes présents, tandis qu'elle prend des notes.

Incapable de supporter plus longtemps sa présence, je sors m'aérer un peu. Le centre est construit autour d'un patio intérieur sur lequel ouvrent toutes les pièces. Je vais de salle en salle, en me demandant quels autres drames familiaux, quelles autres médiations ratées ont vu défiler ces murs. Une des portes est fermée à clé, c'est là qu'on a entreposé mes affaires. Les autres pièces sont vides.

Au bout d'une demi-heure, Nora m'annonce qu'ils ne viendront pas. Je n'ai vu personne la prévenir. Je pense qu'elle le savait depuis le début.

Doucement, je remets les cadeaux dans la valise, retourne à la guérite d'accueil récupérer mes affaires et marche jusqu'à la voiture où m'attendent mon avocat et le consul. Je monte à l'arrière, je referme la porte.

Là, j'ai explosé. J'ai crié, j'ai pleuré, j'ai enragé. J'ai bourré le siège avant de coups de poing impuissants. Les deux hommes m'ont laissée pleurer tout mon saoul, impuissants, désolés. Il m'a fallu très longtemps pour me calmer.

Nous sommes encore là, un long moment après, silencieux et sonnés dans la voiture climatisée garée sur le parking, lorsque je vois la porte du centre s'ouvrir et un homme en sortir d'un pas pressé. Il s'engouffre dans une voiture garée un peu plus loin. Cet homme, c'est l'avocat mexicain d'Arturo, Eduardo Heredia.

Que fait-il là, alors qu'il savait forcément que les enfants ne viendraient pas ? Et surtout, où était-il pendant que je visitais le centre ?

Cette question fait instantanément cesser mes larmes. Toute la nuit, je la retourne dans ma tête. Ce n'est qu'au matin que la réponse m'apparaît : il était dans la pièce fermée à clé avec mon téléphone ! Tout fait sens. Arrivée à Paris, je contacte Me Clémence Witt qui me conseille de porter mon appareil chez un technicien homologué.

Un jeune informaticien me reçoit aimablement, mais il change de tête en m'entendant.

– Je pense être sur écoute. Pouvez-vous vérifier si mon téléphone a été forcé ?

– Madame, voyons, dit le jeune homme en retenant un petit sourire.

– S'il vous plaît, faites ce que je vous demande.

Dubitatif, il obtempère néanmoins et s'éloigne à l'arrière du magasin avec mon appareil. Quelques instants plus tard, il est de retour, stupéfié, et me confirme ce que je sais déjà : mon téléphone a bien été ouvert, il y a une empreinte sur la puce. Tous mes messages ont été écoutés et lus, mon téléphone a été fouillé.

– N'y touchez plus et donnez ça à la police, me conseille-t-il.

Je préviens mon avocate et nous déposons immédiatement cette pièce chez la juge qui instruit le dossier à Paris.

*

* *

Durant l'automne, un message intéressant me parvient par le biais de ma page Facebook. Il s'agit d'un cabinet américain du nom d'Aparicio Arp & Associates, composé de deux avocats : l'un, Jaime, est bolivien, l'autre, Bjorn, allemand. Ils sont résidents américains et parlent parfaitement anglais et espagnol. Ils me proposent de m'aider en contactant la Commission interaméricaine des droits de l'homme, à Washington. Ce serait la première étape vers un dépôt de plainte devant la Cour interaméricaine des droits de l'homme (CIDH). Selon eux, la commission est au minimum capable d'imposer le respect du droit de visite. Ils me demandent 4 000 dollars pour monter mon dossier. J'accepte et ils entreprennent immédiatement des démarches.

Peu de temps après, je suis convoquée une première fois à Washington. Deux membres de la commission, une Chilienne et un Américain, me reçoivent. Ils examinent mon cas avec beaucoup d'attention, me posent de nombreuses questions sur les circonstances de l'enlèvement, sur l'absence de contact, sur toutes mes tentatives avortées pour revoir mes enfants. Ces incessantes plongées en arrière sont éprouvantes. Je me sens usée, parfois, de répéter inlassablement la même histoire. C'est comme une blessure qu'on ne laisse jamais cicatriser. Il faut tout raconter à nouveau, rappeler des souvenirs douloureux qu'on aimerait tout simplement laisser s'échapper.

Je rencontre également l'observateur permanent de l'organisation des États américains, Jean-Claude Nolla, qui se montre très actif pour sensibiliser les principaux acteurs potentiels autour de mon dossier.

*

* *

Philippe veut me redonner goût à la vie, il voudrait me rendre le bonheur et l'insouciance. Nous sortons, nous retrouvons des amis. Il parle d'avoir un nouvel enfant. L'idée me semble impensable.

Parfois, pas souvent mais parfois, je fonds en larmes au milieu d'un dîner, provoquant la gêne des convives et mon propre embarras.

*
* *

Le jour de leurs dix ans, les jumeaux m'appellent. Ils paraissent de mauvaise humeur, sont pressés de raccrocher.

– Il faut que j'aille nourrir les chiens, me dit Sofia.

Quel contraste avec l'année dernière, lorsqu'ils m'avaient réclamé une lettre ! Je raccroche dévastée. Je ne sais pas ce qu'on leur dit de moi. Des horreurs, sans doute. Le temps qui passe nous éloigne et je ne peux rien y faire.

*
* *

En avril, j'ai l'impression que la chance tourne. La fameuse Carmen Aristegui me contacte enfin pour réaliser une interview par Skype durant la visite officielle de François Hollande au Mexique, dans son émission télévisée sur CNN. J'espère beaucoup de cette émission qui pourrait pousser les Présidents à évoquer mon cas lors de leur rencontre privée. La journaliste va droit au fait et cela me permet d'affirmer ce que je ne cesse de crier : il ne s'agit pas d'une simple et tragique histoire privée, mais d'une véritable affaire politique. Au Mexique, l'impact de l'émission va être considérable. Les cheveux blonds coupés court, Carmen Aristegui a davantage l'apparence d'une correspondante de guerre avec sa chemise blanche aux manches retroussées et son veston noir. Elle est droite, forte et courageuse. Son courage, d'ailleurs, va bientôt lui coûter sa place lorsqu'elle affirmera haut et fort son soutien à « Mexicoleaks », une plate-forme Internet indépendante qui invite les citoyens à dénoncer les affaires de corruption. Mais il y a fort à parier que ce n'est pas la dernière fois qu'elle fera parler d'elle.

En sortant de son bureau, je rencontre une autre journaliste incorruptible, Denise Dresser, qui, dès lors, ne cessera plus de prendre de mes nouvelles et d'en donner dans la presse, m'offrant un soutien indéfectible. Denise a été, elle aussi, victime d'un enlèvement parental. Son mari canadien a quitté le Mexique en enlevant ses enfants. Elle les a revus, mais n'a jamais réussi à renouer des liens profonds avec eux.

Dans la foulée, Valérie Trierweiler accepte de me recevoir à l'Élysée. C'est un moment important car elle peut contribuer à faire bouger le gouvernement qui s'est montré, jusqu'à présent, très réticent à s'emparer de mon affaire. La France et le Mexique, après les remous diplomatiques causés par l'affaire Florence Cassez, sont en train de rétablir des relations « normales » et je ne tombe pas très bien. Je me rends à l'Élysée gonflée d'espoir. Valérie Trierweiler nous reçoit avec son directeur de cabinet, Patrick Biancone. Leur discours est assez schizophrénique. L'une dit :

– Médiatisez. Soyez partout. Agitez-vous, ne vous laissez pas oublier, c'est le seul moyen de réussir.

L'autre, mal à l'aise, tente de minimiser la portée des propos de la première dame :

– Médiatisez, oui, oui, certes, mais pas trop tout de même. De la discrétion, pour ne pas gêner l'action des gouvernements.

Ça me fait rire. Je repars avec la promesse de la première dame qu'elle m'aidera autant qu'elle le pourra.

Elle tiendra parole. Un tweet bien à sa façon est bientôt posté :

« Il faut aider Maude Versini. Que fait France Diplomatie ? »

Ce sera un élément décisif qui contribuera à braquer les projecteurs sur mon histoire. Valérie Trierweiler restera présente et joignable tout au long de l'affaire, répondant à tous mes mails, et je lui en suis très reconnaissante.

*
*   *

Je suis enceinte. Je traverse de grands moments d'angoisse, j'ai l'impression d'abandonner les enfants. Continuer ma vie sans eux, n'est-ce pas admettre qu'ils ne reviendront pas ? N'est-ce pas remplir la place qu'ils ont laissée vacante ?

Peu de temps avant mon accouchement, c'est eux-mêmes qui vont me réconcilier avec cette grossesse. Nous sommes en communication sur Skype. Comme d'habitude, le ton est froid, les enfants sont pressés, distraits. Mais quand je vois qu'Adrian se déplace avec l'ordinateur, je suis prise d'une impulsion.

– Adrian, j'ai un secret à te dire. Tu promets de ne rien répéter à personne ?

Aussitôt intéressé, il hoche la tête. Je braque alors la caméra vers mon ventre et soulève mon tee-shirt, puis la redresse et mets mon doigt sur mes lèvres. Le sourire ébloui, magnifique et sincère d'Adrian est le plus beau des messages pour l'enfant à venir. C'est la preuve, aussi, qu'un jour nous redeviendrons une famille unie.

– 21 –

Victoire

Juin 2014. Le téléphone sonne, c'est Me Witt.

– Victoire, Maude, on a le mandat !

J'en reste sans voix.

– Je vous promets que c'est vrai, Maude, on a gagné ! On va pouvoir négocier !

En effet, après les citations auxquelles Arturo ne s'est pas présenté, la juge française vient d'imposer la diffusion Interpol d'un mandat d'arrêt international. Arturo est désormais interdit de voyager dans les zones 2, 4, 5 et 6, ce qui correspond à l'Europe et toute l'Amérique. Pas encore la victoire par K-O, mais un joli coup. Nous célébrons la bonne nouvelle.

Cela fait 847 jours que je n'ai pas vu mes enfants.

Mes avocats attendent que ceux d'Arturo prennent connaissance de l'existence du mandat. La chancellerie française en informe la mexicaine, le consul de France se déplace en personne pour avertir mon ex-mari. Ça la fiche mal, quand même, pour un homme politique. Je suis impatiente de commencer la négociation. Enfin, mes avocats parviennent à organiser une visioconférence au cours de laquelle les deux parties se livrent à un véritable rapport de force et d'intimidation. Pierre-Olivier Sur réclame la restitution pure et simple des enfants, ceux d'Arturo répondent qu'il ne les laissera pas quitter le Mexique. Ils nous accusent de bluffer, alors même qu'ils ont eu le mandat d'arrêt sous les yeux ; nous les menaçons de médiatiser le mandat au Mexique, détruisant ce qu'il reste de la réputation d'Arturo. L'affrontement s'enlise. Au bout de deux heures de négociations agressives, les avocats se raccrochent au nez.

Me Witt est abasourdie. Ça n'a pas marché.

– Ne vous inquiétez pas, Maude, tente-t-elle de me rassurer. Ils vont forcément se rendre compte qu'ils n'ont pas d'autre choix que de discuter. Laissons-leur un peu de temps.

Je hoche la tête, incertaine. L'été s'écoule.

En septembre, toujours rien. On décide alors de passer à l'action. Nous contactons la presse mexicaine et nous médiatisons l'existence du mandat d'arrêt visant Arturo.

*

* *

Ma Laura naît le 9 septembre 2014, un immense bonheur en pleine tempête. Lors de sa première visite, se penchant sur le berceau, Tara murmure, émerveillée :

– Comme elle est jolie ! Quand les enfants la verront, ils l'aimeront.

Pas le temps de souffler, je donne des interviews depuis ma chambre à la maternité et je souffle à mon bébé :

– Pour toi, je ferais la même chose. Je le dois à tes frères et sœurs. Je te le dois à toi aussi.

*

* *

Un mois après la naissance de mon bébé, je reprends les voyages. En octobre, je m'envole pour Washington où je dois me rendre pour faire une piqûre de rappel à la CIDH. Je veux en profiter pour leur annoncer que j'ai obtenu le mandat d'arrêt contre Arturo. Philippe restant à Paris avec les filles, je retrouve là-bas Maeva Patron, une amie perdue de vue depuis quinze ans. Maman de deux petits garçons, elle vit aux États-Unis et m'a recontactée il y a peu en me disant :

– J'ai appris ce qui t'arrive, c'est insupportable. Si je peux t'aider lors de tes voyages, n'hésite pas.

Elle me retrouve à Washington. C'est un vrai réconfort que de ne pas être seule dans l'épreuve. Et puis je suis un peu inquiète. Les révélations que je vais faire à la Cour interaméricaine des droits de l'homme sont très compromettantes pour Arturo et, sans verser dans la paranoïa, j'ai parfois peur qu'il m'arrive quelque chose. On se sent plus fort à deux.

Dès l'arrivée, elle m'emmène à la fondation Robert Kennedy consacrée à la justice et aux droits de l'homme. Nous y sommes reçues grâce à ses nombreuses relations. La fondation propose de pousser mon dossier auprès de la CIDH. Ensuite, nous prenons nos quartiers dans un hôtel de Georgetown. J'ai rendez-vous le lendemain à la commission. Nous passons la soirée à évoquer les différentes solutions qui me restent, les moyens de pression dont je dispose, les dernières avancées de l'affaire. Puis nous montons nous coucher. Je suis épuisée par le décalage horaire et m'endors comme une masse.

En pleine nuit, nous sommes réveillées par une sonnerie stridente : c'est l'alarme d'incendie. En quelques minutes, tout l'hôtel est évacué. Pendant que des gens en peignoir et mal réveillés se précipitent dans le couloir, je rassemble dans la panique mes documents, dont évidemment le mandat, ainsi que nos ordinateurs, et nous embarquons tout avant de quitter la chambre. Nous nous retrouvons sur le trottoir, tremblantes et terrifiées.

– Est-ce un coup de Montiel, est-ce vraiment possible ? interroge mon amie.

Je ne sais pas, tout cela me paraît fou. Dans le doute, j'appelle mes avocats et les tire de leur lit. Ils tentent de me tranquilliser en attendant l'arrivée des pompiers. Assez vite, on nous annonce que nous pouvons regagner nos chambres. Nous respirons, soulagées.

Mais une fois devant notre porte, je constate que notre clé ne fonctionne plus. Dans le couloir, je vois les autres résidents entrer dans leur chambre sans difficulté. Pour nous, rien à faire, la clé semble démagnétisée. Maeva me dévisage, les yeux écarquillés par l'angoisse.

Nous exigeons qu'un des hommes de la sécurité de l'hôtel passe la pièce au peigne fin avant d'oser enfin entrer.

Le lendemain, éreintée par les événements de la nuit mais très exaltée, je montre le mandat à la commission. Les juges saluent cette grande victoire. Je leur raconte aussi comment on a accédé à mon téléphone portable, comment on m'a forcée à déballer tous les cadeaux que j'avais apportés à mes enfants, mais à ma propre surprise, ce qui les choque le plus est d'apprendre qu'on m'avait notifié l'obligation de parler espagnol à mes enfants. Les violences psychologiques et la cruauté mentale dont on fait preuve à mon égard les scandalisent. Ils voient ce dont je n'ai parfois même plus conscience. Ils s'indignent de ce que je subis sans plus songer à me rebeller. Ils me disent enfin, et c'est un baume pour mon cœur, qu'il est inadmissible qu'on me traite comme une maman délinquante alors que c'est le père le kidnappeur. Paradoxalement, la douceur qu'ils me témoignent me fragilise. Il vaut presque mieux parfois que je ne pense pas, que je ne voie pas, car je n'en peux plus de cette souffrance.

– 22 –

LES RETROUVAILLES

Un mois plus tard, le juge fédéral mexicain ordonne à nouveau un droit de visite, mais cette fois il est exaspéré au point d'assortir la mesure de cette mention : si Arturo ne présente pas les enfants, il sera emprisonné pour trente-six heures. Il impose également que la visite s'étale sur une semaine, à raison de huit heures par jour. La date est fixée à décembre. Cela fera trois ans qu'ils sont partis.

Quelques jours avant le départ, j'appelle Arturo pour parler aux enfants. Il refuse de me les passer et me dit que ce n'est pas la peine de venir, qu'ils ne seront pas là. Il tente de me dissuader de me présenter au rendez-vous. Je lui réponds :

– Tant pis, je viendrai quand même. Tara sera là aussi. Et je serai accompagnée d'une journaliste,

Lourdes Mendoza. Fais comme tu veux, moi, je serai là. En tout, je me suis rendue douze fois au Mexique depuis le début de l'enlèvement.

Lourdes m'a contactée à l'automne alors que j'étais à Washington auprès de la Cour interaméricaine des droits de l'homme. Elle suivait mon histoire dans la presse mexicaine depuis l'interview réalisée par Carmen Aristegui au printemps dernier et elle voulait m'aider.

– Laisse-moi te suivre à partir de maintenant. Je suis une maman, moi aussi, je veux raconter ton histoire et couvrir Arturo Montiel de honte pour ce qu'il t'a fait subir.

Depuis lors, elle tweete férocement. Lorsque je lui ai envoyé le jugement récent, elle a demandé à m'accompagner, caméra au poing. Pour moi, c'est une alliée de taille. Devant la presse, menacé de prison, Arturo n'a plus guère le choix.

Le jour de la visite, Lourdes vient me chercher à l'hôtel et m'accompagne au centre où doit avoir lieu la rencontre. Elle ne peut pas entrer, d'ailleurs je n'y tiens pas, sa présence compliquerait encore des retrouvailles que j'appréhende, mais elle va se positionner à l'extérieur, de l'autre côté des grilles qui entourent ce gigantesque espace ressemblant à une prison. C'est l'endroit où j'ai attendu en vain la première fois, un complexe sportif avec des terrains en extérieur et un cabanon couvert à l'entrée. Derrière, un bâtiment en dur offre des petites salles aux familles qui s'y retrouvent pour des médiations, avec tout le nécessaire pour y passer la journée : tables, chaises, kitchenette, toilettes. C'est froid mais fonctionnel. Une quinzaine d'enfants sont là pour la journée.

Patricia, la directrice du centre, qui va superviser notre rencontre, m'accueille dans le petit cabanon. Elle est franche et directe et me tutoie immédiatement.

– Depuis combien de temps tu ne les as pas vus ?

Je lui raconte en quelques mots, je parle du SAP, de nos derniers échanges téléphoniques. Elle m'écoute attentivement.

– Bon, Maude, prépare-toi, ils sont arrivés.

Le sol s'ouvre sous mes pieds. Ils sont là ?

– Ils sont là-bas, dans la camionnette. On va y aller doucement. Respire profondément. Essaie de ne pas pleurer. Retiens-toi. Sois la plus naturelle possible, la plus normale. Tout va bien se passer.

Derrière elle, je vois la grille s'ouvrir. Une camionnette noire approche lentement. Tara me donne la main. Je la sens qui piaffe à côté de moi. Elle attend depuis si longtemps. Depuis trois ans, elle parle chaque jour du moment où elle reverra ses frères et sœur. C'est aujourd'hui. J'ai peur pour elle. Mon cœur bat la chamade. Jamais je n'ai eu peur comme cela. Je crains qu'ils ne soient méchants ou distants, qu'ils repoussent Tara, qu'ils me fassent des reproches.

Je vois d'abord descendre Sofia qui me cherche des yeux dans le soleil. Tout de suite après, c'est

Adrian qui apparaît. De loin, il me fait un petit signe de la main. Ce simple geste me bouleverse car je comprends qu'il est heureux de me voir. Je commence à croire que Patricia a raison, tout va bien se passer.

Mais c'est alors que se font entendre des hurlements sauvages.

– Je veux pas la voir ! Je veux pas la voir ! Lâche-moi, je veux pas !

Le chauffeur extirpe péniblement Alexi de la camionnette. Mon petit garçon se contorsionne comme un fou, il se débat comme un animal sauvage, il rue et tente d'échapper à la poigne de l'homme qui ne parvient pas à le maîtriser. Ses aînés se figent. La main de Tara se fait inerte dans la mienne.

Patricia prend les choses en main. D'un pas ferme, elle va à la camionnette où elle prend les enfants qu'elle pousse devant elle vers le bâtiment principal. Elle doit traîner Alexi sur le sentier. Tara et moi attendons sous la cahute, indécises.

Quelques minutes après, ils ressortent et s'arrêtent à l'extrémité du sentier. Alexi est calme à présent. Patricia s'accroupit devant eux.

– Qui voyez-vous au bout du chemin ?

Alexi se tait, il regarde le sol d'un air buté. Les deux autres lèvent la tête et nous regardent, Tara et moi.

– Maude, répond Sofia.

– Maman, souffle Adrian.

Patricia reprend :

– Oui, c'est votre maman. Elle est venue pour vous voir. Elle s'est beaucoup bagarrée pour arriver jusqu'ici. Savez-vous que vous êtes sortis de son ventre ? On n'a qu'une seule maman, c'est elle, et c'est pour la vie. Et est-ce que vous reconnaissez cette petite fille qui est là à côté d'elle ?

J'ai la poitrine broyée par l'émotion, mais je me fais violence et je souris bravement aux enfants. Pas à pas, question après question, Patricia les fait venir jusqu'à moi, sans jamais cesser de leur parler, comme si elle les apprivoisait. C'est la vision qui me traverse l'esprit, elle les enchante et me les amène. Immobile, je les regarde approcher. Quand enfin ils sont devant moi, incapable d'abord de prononcer un seul mot, je tends la main et je les touche pour la première fois depuis si longtemps.

Le ciel ne s'est pas fendu en deux. Il ne s'est rien passé de surnaturel, la Terre a continué de tourner pendant que je vivais le moment le plus fort de toute une vie.

Je me mets à genoux et je les prends dans mes bras. Leur odeur m'emplit. Leur chaleur palpitante, la solidité de leur corps. Je me gonfle de ces sensations, redevenue presque animale pour un instant.

Je sens immédiatement la froideur de Sofia, qui reste raide dans mes bras. Mais Adrian se laisse embrasser sans résistance et Alexi, qui hurlait il y a quelques secondes encore, me serre fort, fort, fort, à m'en étouffer. L'émotion m'empêche toujours de parler. Je voudrais que ce moment dure pour toujours.

Sofia rompt l'enchantement en faisant un pas en arrière. Je me redresse à mon tour. Elle m'annonce qu'elle a des choses à faire. Ils ne pourront donc pas rester longtemps aujourd'hui, et dans deux jours ils partent en vacances avec leur père.

Mais la visite doit s'étaler sur une semaine entière ! Dévastée, je cherche secours du côté de Patricia qui me fait signe de ne pas m'affoler. Je me ressaisis et lui souris.

– Ce n'est pas grave, ma chérie. Tu viens quand tu veux, tu t'en vas si tu veux. Profitons du temps qu'il nous reste ensemble.

Nous allons jusqu'à la salle qu'on nous a attribuée et j'ouvre la valise de cadeaux : j'ai apporté des jeux de Uno et des Sept familles, des coloriages et de la peinture pour meubler le temps (je croyais qu'on aurait huit heures et c'est long, huit heures dans une pièce avec des enfants qu'on ne connaît plus), des appareils photo, des livres, des CD, des bonbons, du chocolat, des tenues de foot pour les garçons, un tableau de Paris pour Sofia, tous les albums photo imprimés de peur qu'on me confisque mes appareils comme les dernières fois. Dans chacun des albums que j'ai faits depuis leur départ, il y a des dédicaces pour eux, pour dire qu'ils sont dans notre cœur et nos pensées à chaque instant et que si nous continuons à vivre, nous ne les oublions pas. J'ai apporté aussi les dernières photos de classe sur lesquelles ils vont pouvoir essayer de reconnaître leurs amis.

Les deux heures passent en un éclair. Sofia s'adoucit un peu, mais quand le moment du départ arrive, elle se ferme à nouveau comme une huître et presse ses frères de partir.

Je décide de ne pas faire de scandale, je ne veux pas les brusquer, il faut qu'on se laisse du temps aux uns et aux autres. Et puis je suis exténuée par ces quelques heures, Tara aussi. Nous sommes encore réglées sur le fuseau horaire de Paris et nous nous endormons toutes les deux comme des masses au milieu de l'après-midi pour nous réveiller en pleine nuit, complètement déphasées. Nous attendons l'aube en regardant des dessins animés.

Le deuxième jour de visite, les enfants descendent en courant de la camionnette et se jettent dans mes bras sans retenue. Quel bonheur ! Même Sofia m'appelle « maman ». Tout le monde est très excité, agité, nous sommes submergés par ces trop fortes émotions. Les discussions s'esquissent et s'interrompent, je devine des petits bouts de leur vie par les bribes qui leur échappent, mais rien de construit. C'est très turbulent, plus rien à voir avec la veille. Mais au bout de deux heures, comme la veille, ils réclament de partir. Cette fois pourtant, ils proposent d'emmener Tara avec eux. C'est évidemment impossible.

De retour à l'hôtel, Tara, dépassée par ces émotions extrêmes, pleure à gros sanglots. Elle n'en peut plus, elle veut rentrer à Paris, c'est trop dur. Je n'ai pas la force de recommencer le lendemain. J'appelle Arturo qui me répond aussitôt et je lui demande s'il serait d'accord pour me déposer les enfants à l'hôtel pour l'après-midi. À ma stupéfaction, il accepte.

Aussitôt, Tara retrouve le sourire et nous nous apprêtons. À 16 heures, la réception m'appelle, je les fais monter et c'est alors seulement que j'ai l'impression de les retrouver. Car une chambre, même une chambre d'hôtel impersonnelle, est plus intime que ce centre grillagé. Les trois grands entourent leur petite sœur. Arturo est monté lui aussi, il s'assied au bord de mon lit comme si de rien n'était. La situation est ubuesque. L'homme qui vient de me torturer trois années durant me sourit gentiment comme le bon camarade qu'il n'aurait jamais dû cesser d'être. Je fais un effort pour ne pas me laisser déstabiliser. Je me dis que c'est pour les enfants, il ne faut pas que je craque. Un éclat de colère risquerait de tout compromettre. Pour évacuer un peu la tension, je propose une balade dans les jardins de l'hôtel. On s'installe sous une verrière et on joue tous ensemble, les quatre enfants, Arturo et moi. Il est aux anges, les enfants sont fous de bonheur. C'est comme si nous étions de nouveau une famille normale, sans conflit. Ce moment magique s'étire jusqu'au soir.

Alors les enfants déclarent qu'ils veulent rester dormir avec moi. Il y a deux lits *king size* dans ma chambre, on pourrait se serrer et je ne demande d'ailleurs pas mieux que de me blottir contre eux une nuit entière. Mais je perçois immédiatement le trouble et la réticence d'Arturo. Il est mal à l'aise, il n'ose pas dire non devant eux pour ne pas tout gâcher, mais il ne veut pas dire oui. Je sens que le moment n'est pas encore venu de pousser mon avantage, j'ai très peur de perdre ce que j'ai mis tant de temps à obtenir, aussi je décide de l'appuyer. Je vole à sa rescousse :

– C'est trop compliqué pour ce soir, mes chéris. C'est déjà génial que papa ait accepté que vous veniez nous voir ici. Revoyons-nous demain, mais pas au centre. Nous ferons quelque chose de spécial si papa est d'accord.

Je me souviens bien que Sofia m'a dit qu'ils étaient supposés partir en vacances le lendemain, j'espère ainsi les en empêcher. Arturo, reconnaissant pour mon intervention, repart avec les trois grands en promettant de revenir le jour suivant, et Tara s'effondre comme une masse.

Le lendemain, nous nous retrouvons au centre devant le juge pour valider de nouvelles modalités. Je raconte comment s'est passé l'après-midi à l'hôtel et nous obtenons le droit d'organiser notre journée hors du lieu de médiation. J'ai le projet d'emmener les enfants chez Kidzania, un immense parc d'attractions-centre commercial où les enfants sont aux commandes. C'est tout un univers à leur mesure. Nous nous y rendons en force : en plus des quatre enfants, il y a trois gardes du corps, Patricia, la responsable de la médiation, et la psychologue des enfants. Mais je ne vois que mes petits. Je passe la journée à courir d'un enfant à l'autre au gré des « Eh maman, viens voir, regarde-moi, regarde ce que je sais faire, maman, maman, regarde ! ». Ces mots tout simples font mon extase. Mes enfants sont si fiers de me montrer leurs prouesses au baby-foot ou au théâtre. Par petits bouts, je leur raconte, avec autant de calme que possible, mon long combat pour les revoir. Ils ne répondent rien, ne posent pas de questions, mais je sens qu'ils accueillent cette information dans le secret de leur cœur. Je veux qu'ils sachent que je me bats pour eux. Je les écoute aussi me raconter leurs histoires, leur vie, ce qui les préoccupe.

Au moment de se quitter, Alexi fait une terrible crise de larmes. Il se jette par terre et m'agrippe les chevilles.

– Je suis seul, ne me laisse pas. Je me sens seul ici. Je suis si seul.

Devant sa détresse déchirante, mon impuissance me rend malade. Lorsqu'il est un peu calmé, j'en parle avec un de leurs gardes du corps qui me semble avoir la tête sur les épaules. Il me confirme ce que je commence à soupçonner : Adrian et

Sofia sont très durs avec leur petit frère dont ils ne supportent pas le handicap. Ils le dénigrent, sont très moqueurs, parfois même insultants. Je suis bouleversée mais guère étonnée : ce sont des enfants élevés dans le luxe et pourtant livrés à eux-mêmes. Autour d'eux, des dizaines d'adultes s'affairent en permanence, chauffeurs, femmes de ménage, cuisiniers, mais aucun avec qui ils aient un lien spécial. Tout le monde est payé pour veiller sur eux, on cède à toutes leurs envies, mais personne ne les éduque. Ils perdent de vue ce qu'est le mal, ce qu'est un bon comportement, car personne n'est là pour les confronter et le leur rappeler. Ça demande du temps et de l'implication d'élever un enfant, et il n'y a personne ici pour le faire. Leur psychologue avec qui j'évoque ensuite ce problème me confirme la mauvaise entente qui règne dans la fratrie. Cela me rend très malheureuse.

C'est pourtant ainsi que je parviens à reprendre ma place de mère. Lorsque j'essaie de raisonner Sofia et Adrian, je réalise que je suis en train de tenir mon rôle : je les élève.

– Il faut protéger Alexi. Ce sera votre frère, votre ami, tout au long de votre vie. Vous pourrez toujours compter sur lui.

Ils n'ont que dix ans, ils sont trop jeunes pour comprendre, le handicap de leur petit frère leur pèse beaucoup et ils n'arrivent pas à se montrer tolérants. Mais je suis redevenue leur mère.

Le lendemain, un jour plus tard que ce qu'ils m'avaient annoncé, ils partent en vacances, écourtant la semaine qu'on m'avait accordée. Mais je n'y peux rien, je ne veux pas les forcer. Peut-être que c'était beaucoup, une semaine entière, après avoir été si longtemps séparés. Il leur faudra du temps pour digérer ces émotions très fortes. Quoiqu'il m'en coûte, je sais qu'il faut procéder en douceur.

Le juge a fixé une nouvelle date en mars grâce à laquelle j'essaie de consoler Alexi qui ne veut pas me quitter. Lorsqu'il comprend qu'il ne me reverra que dans cent jours, il pousse un cri déchirant.

– C'est trop long, sanglote-t-il.

Savoir mon enfant si fragile en détresse me hante. Dans la voiture vers l'aéroport, j'en parle avec Arturo qui me confirme ses difficultés.

– Renvoie-le-moi à Paris, je pourrai m'occuper de lui, me consacrer à lui, l'aider vraiment.

Arturo reste silencieux un moment, puis il me promet d'y songer.

– 23 –

« C'EST TROP DUR POUR LES ENFANTS... »

C'est étrange de reprendre la vie parisienne avec cette fois la certitude que je vais les revoir. Certitude toujours fragile, certes, car Arturo reste imprévisible, mais enfin c'est une perspective à laquelle se raccrocher. Les avoir revus a tout changé, j'ai mis leur image à jour dans mes souvenirs, j'ai tant de nouveaux détails pour me nourrir. Tout est frais dans ma tête. Quand je pense à eux, c'est bien eux que j'ai en moi, et non plus la photographie d'enfants depuis longtemps disparus. J'ai des préoccupations concrètes, des préoccupations de maman.

Pendant ce temps, les procédures suivent leur progression obscure dans les arcanes des différentes administrations. Le mandat d'arrêt lancé contre Arturo est en cours, mais ses avocats n'ont toujours pas repris les négociations avec les miens. Nous ignorons quelle est leur stratégie. Qu'attendent-ils ? Je n'arrive pas à deviner ses pensées. Alors, comme Alexi, je me contente de compter les jours qui me séparent à nouveau d'eux. C'est une épreuve limitée dans le temps. Cent jours, un chiffre que je peux appréhender et qui diminue, inexorablement… Je considère que la situation s'est grandement améliorée.

C'est alors que se produit un nouveau coup de théâtre : en janvier, la Commission interaméricaine des droits de l'homme demande au Mexique la mise en place immédiate d'un système de visite dans des conditions appropriées et sans restrictions inutiles, dans une ambiance qui garantisse le maximum de normalité possible. Jaime Aparicio est très content du résultat, d'autant que la Commission réclame également à la justice mexicaine de résoudre dans les plus brefs délais et de manière exceptionnelle la question de la garde des enfants. Jaime annonce ce verdict à la presse, se félicitant de cette avancée dans une affaire infamante pour le Mexique. Le grave risque émotionnel et psychique qu'encourent les enfants devenus des pions dans la guerre que me livre Arturo a enfin été entendu. C'est une très grande victoire. Quasi totale.

Totale, elle le sera quand Arturo s'assiéra à la table des négociations, me dit Jorge qui informe les avocats du verdict de la Commission interaméricaine des droits de l'homme. Il exige que les jours de visite qui m'ont été accordés en mars soient transformés en une semaine de vacances que je puisse utiliser à ma guise. J'en ai la tête qui tourne : je vais pouvoir emmener les enfants, dormir avec eux, quitter l'État de Mexico où j'ai l'impression de sentir partout la présence oppressante d'Arturo. La joie m'arrache à mon lit le matin, me précipite sur mon ordinateur, non plus pour traquer d'éventuelles apparitions des enfants quelque part à l'autre bout du globe, mais simplement pour préparer nos vacances. Des vacances qui doivent être parfaites, merveilleuses, inoubliables.

À l'approche de la date de mon arrivée, tout recommence comme la dernière fois. Arturo me dit que ce n'est pas la peine que je vienne puisque les enfants ne seront pas là. À nouveau je lui réponds que j'ai déjà mes billets qui ne sont ni annulables ni remboursables : Tara et moi serons là, ainsi que ma mère et le bébé que je veux présenter aux grands.

Le juge fédéral en charge de notre dossier aménage la semaine de la façon suivante : je vais devoir passer les trois premières journées à Toluca, avec un droit de visite quotidien de huit heures. À l'issue de ces trois jours, je pourrai les emmener quatre jours en vacances. Sentant que les choses commencent à lui échapper, Arturo prend contact avec moi et entreprend d'ajouter son grain de sel dans l'organisation de la semaine. Je ne veux pas me le mettre à dos et risquer de le fâcher, aussi j'écoute ses conseils : il aimerait que je choisisse un hôtel proche de chez lui, pour que les trajets quotidiens des enfants soient facilités. Mais l'établissement qu'il propose se trouve au bord de l'autoroute. Au Mexique, il est difficile de se déplacer seul. Il faut se méfier des taxis et je crains de me trouver bloquée de longues heures dans un lieu nu et isolé avec des enfants un peu à cran. Je sais à quel point il est important qu'ils aient des activités ludiques et amusantes qui nous aideront à faire retomber la tension et à retisser des liens. Je tiens bon et conserve mon hôtel, auquel j'ai d'ailleurs déjà versé des arrhes. Arturo essaie alors de s'impliquer dans le choix de notre destination pour les vacances. Il me déconseille Cancún, qui avait ma préférence, et propose que nous restions dans la campagne près de Toluca. Pour ne pas le braquer, je cède sur ce point. Cela m'est égal, après tout, je veux juste pouvoir passer du temps avec les enfants.

Nous partons enfin. Je suis accompagnée de ma mère, qui est âgée de soixante-douze ans et qui retourne pour la quatrième fois en trois ans au

Mexique. Le voyage est fatigant pour elle, mais elle a accepté de m'accompagner pour s'occuper de Laura qui n'a que six mois. Je tiens absolument à présenter leur petite sœur à mes enfants, mais il faut aussi que je sois disponible pour eux, ce qui ne serait pas évident si j'étais seule avec cinq enfants… Et puis ma mère a, elle aussi, hâte de retrouver ses petits-enfants.

Cette fois-ci, les retrouvailles se passent sous le sceau de l'évidence. C'est une mère qui retrouve ses petits après une longue séparation, des enfants qui se jettent dans les bras de leur maman qui leur a manqué, et non plus une étrangère retenant ses larmes face à trois enfants pétrifiés. Nous passons trois jours à Toluca dans une frénésie d'activités : du zoo à la patinoire, du bowling au musée des Cerfs-volants, de la pêche aux truites à la Géode. Dès le premier jour, Alexi réclame de rester dormir à l'hôtel avec moi et se montre si convaincant qu'Arturo est contraint d'accepter. Le lendemain, c'est au tour d'Adrian et de Sofia.

C'est dérisoire, bien sûr, mais les avoir la nuit avec moi, c'est comme si j'avais gagné au Loto, c'est le jackpot. Nous nous couchons sous la couette en gloussant, je masse leurs pieds, je caresse leurs cheveux, leurs visages, leurs joues si douces. Adrian me répète, comme une incantation :

– Maman, tu m'as tellement manqué, tellement manqué.

Alexi, lui, incapable de parler, me serre contre son cœur. Je plane, nous planons. C'est une bulle d'un bonheur si pur que je crois que mon cœur va exploser. Quand ils tombent enfin endormis, je reste dressée sur un coude à les regarder dans la chambre plongée dans la pénombre. Leurs visages apaisés dans le sommeil, totalement vulnérables, me rend leur enfance et les années envolées. J'écoute leur sommeil. Les petits bruits qu'ils font, les mouvements brusques d'un rêve. Incapable de me contenir, je m'approche et inspire leur odeur, les dérangeant un peu, ils se tournent, marmonnent, puis s'apaisent à nouveau. Mes enfants.

Au bout de trois jours, nous partons à Ixtapan de la Sal, une belle petite ville thermale à quatre-vingts kilomètres de Toluca. J'ai choisi un hôtel avec piscine très adapté aux enfants. Ils sont détendus et, tandis que ma mère s'occupe de Laura, je me divise comme je peux entre les exigences des quatre grands qui ont tant besoin de moi. Nous ne sommes pas seuls : Patricia, la directrice du centre, est à nouveau là avec nous. Par moments, elle est d'une grande aide pour moi, mais j'aimerais pourtant être seule avec eux, comme n'importe quelle maman, et je supporte mal de la voir, le soir, les interroger comme elle en a la tâche. Je me sens observée, jugée. Sa présence est un rappel permanent, au cœur même de cette oasis de bonheur, du caractère exceptionnel de ce moment, de sa fragilité, de sa brièveté. Mais je ne laisserai rien gâcher le plaisir des enfants. Je me tais.

Au cours de ces quelques jours, les enfants m'avouent, chacun à leur façon, qu'ils veulent rentrer en France avec moi. À ma surprise, c'est Sofia la plus virulente.

– J'ai pris une grande décision. J'ai besoin de toi. J'ai besoin de mes sœurs. J'ai envie de m'occuper de Laura ; il n'y a que des garçons ici. Personne ne me comprend. Dis-le à papa, s'il te plaît.

Je marche sur des œufs. Si j'en parle à Arturo, ne risque-t-il pas de se sentir menacé, de se méfier de moi, de vouloir l'empêcher de me voir ? Mais ma fille me demande de l'aide. Je ne sais pas comment faire. Je demande un entretien à Patricia. Elle m'écoute attentivement, en parle à son tour avec Sofia, prend la mesure de son sérieux puis me propose que nous abordions la question ensemble avec Arturo.

Il réagit au quart de tour :

– Pas question. Elle est trop jeune et trop immature.

Je me retiens de lui répondre qu'il a accepté, il y a de cela presque un an, le jugement qui stipulait justement que les jumeaux étaient assez matures pour choisir leur lieu de résidence…

– Quand elle aura quinze ans, on en reparlera.

Je me mords les lèvres pour ne pas laisser la discussion dégénérer en dispute. C'est dangereux. Mais quatre ans, c'est trop long. Sofia me demande de l'aide et il faut que je trouve le moyen de la lui apporter.

Le troisième jour, Arturo me propose de déjeuner en tête à tête. Mes moments privilégiés avec les enfants sont trop précieux, je les ai trop attendus pour accepter. Je veux profiter de chaque instant. À la place, je lui propose que nous dînions tous ensemble. Ma mère ira ensuite coucher les petits et nous aurons le temps de discuter.

Le dîner se passe dans la bonne humeur. Quand nous nous retrouvons seuls à table, nous attaquons le vif de sujet.

– Les enfants ont beaucoup souffert ces trois dernières années, Arturo. Sofia n'est pas heureuse. Ils ont tous les trois redoublé. Tu vois que tu n'as pas réussi à me séparer d'eux. Aujourd'hui, même après toutes ces épreuves, notre relation est intacte. Ils m'aiment, ils veulent vivre avec moi. Si tu continues de nous séparer, tu vas les perdre. Ils vont grandir et ils ne te le pardonneront pas. Je te préviens, tu vas perdre tes enfants. Quand ils seront assez grands, ils te quitteront à la première occasion et ils fileront. Tu finiras seul. Donne-leur la liberté de me voir. Lâche du lest. C'est seulement comme ça que tu les garderas.

Arturo m'écoute attentivement, sans se fâcher. Il sait que j'ai raison. Même Sofia, qui avait été la plus virulente contre moi, m'a demandé pardon. Elle veut rentrer. Or Arturo est fou de sa fille unique. De ses cinq enfants, elle est la seule fille, la prunelle de ses yeux. Il hoche la tête.

– Tu as raison. C'est trop dur pour les enfants d'être séparés de toi. Je voudrais que nous trouvions un accord, pour eux.

J'ai les larmes aux yeux, mais je me fais violence pour ne pas les laisser couler. Ça y est, c'est le moment tant attendu. Je raffermis ma voix :

– Je veux toutes les vacances scolaires.

Il secoue la tête.

– Non, c'est trop. Coupons les petites vacances.

– Pas question. Faire l'aller-retour France-Mexique pour une semaine, ce serait trop fatigant, ils auraient à peine le temps de se remettre du décalage.

Nous parlons, ainsi, nous négocions, nous bataillons, même, tendus mais courtois, dans le restaurant maintenant désert, tandis que les serveurs attendent en bâillant près du comptoir et que, quelques étages au-dessus de nous, mes cinq enfants dont l'avenir se joue dorment profondément.

– Voilà ce que je te propose : trois semaines en juillet, deux à Noël et deux à Pâques.

Le calcul est vite fait. Cela fait sept semaines par an.

– C'est moi qui paierai les trajets et tous les frais de vacances. Et tu retires tes plaintes. Toutes. Voilà ma proposition.

Je dois réfléchir, vite.

– Je veux que cet accord soit révisable chaque année.

Arturo me regarde un long moment sans répondre ; puis il me tend la main.

*

* *

J'ai retiré mes plaintes. Bientôt, j'irai chercher mes enfants à l'aéroport et je pourrai profiter d'eux pendant trois longues semaines. Je passe mon temps sur Internet à organiser les vacances les plus magnifiques dont on puisse rêver. Sept semaines par an, qu'est-ce que c'est ? Rien, pensent les gens autour de moi sans oser me le dire. Rien, pensent les mamans qui ont la chance d'accompagner chaque matin leurs enfants à l'école. « Mais Maude, il fallait pousser votre avantage ! Vous le teniez ! » Ah ? Je le tenais ? C'est vrai, je le tenais depuis huit mois avec ce mandat d'arrêt, je le tenais depuis trois ans, avec tous mes procès gagnés, je le tenais depuis toujours avec la convention internationale de La Haye. Mais il ne me rendait pas mes enfants.

Sept semaines, pour une femme séparée de ses enfants pendant trois ans, c'est tout l'or du monde. C'est un pied dans la porte. C'est une main tendue. C'est le début de la résurrection.

Remerciements

J'ai traversé trois années douloureuses durant lesquelles j'ai affronté un homme puissant, durant lesquelles j'ai lutté de toutes mes forces, dans un combat inégal, pour retrouver mes enfants.

Des gens que je considérais comme des amis proches, des membres de ma famille, aussi, se sont dérobés, volatilisés, m'ont trahie ou ont disparu quand j'avais besoin d'eux. Ceux dont j'aurais souhaité l'aide étaient soudain très occupés. Était-ce la peur ? Le manque d'imagination ? Une incapacité à l'empathie ? Je ne sais pas.

Je ne les citerai pas, mais je crois qu'ils se reconnaîtront.

Je veux au contraire parler ici de l'immense soutien que m'ont offert des amis, ma famille, des anonymes aussi sans qui je n'aurais pas survécu.

Que soient remerciés, entre autres :

– Les maîtresses des enfants qui n'ont jamais omis de me demander de mes nouvelles et qui ont fait écrire et dessiner les anciens camarades de Sofia, Adrian et Alexi.

– Les mamans de l'école, pour leur soutien délicat et constant.

– Mes voisins, pour les gestes touchants dont ils nous ont entourés.

– Sabine de Freitas, qui a ouvert sans que je l'aie jamais rencontrée un groupe de soutien.

– Esther, la psychologue qui me conseille depuis maintenant trois ans par mails interposés et qui m'a aidée à comprendre, puis à accepter le comportement de mes enfants.

– Pierre-Olivier Sur, Clémence Witt, Jorge Galicia Romero et Bjorn Jaime, mes avocats, sans qui la bataille était perdue.

– Jeremy Redler qui m'a aidée et soutenue tout au long de mon cauchemar.

Les journalistes qui m'ont aidée à crier mon combat, et parmi eux en particulier Valérie Trieweiler, Anne-Marie Mergier, Laurence Ferrari, Thierry et Audrey Ardisson, Carmen Aristegui et Denise Dresser pour leur courage et leur compassion.

Les pères et les mères victimes comme moi d'un enlèvement d'enfant, avec qui j'ai tant correspondu, partagé, échangé : Étienne, Marianne, Rodrigo, Karine, Géraldine, Raymond, Corinne, Élodie, Stéphanie, Servanne, Justine, Patricia, Veronica, Marie-Laure, Jérôme, Anne, Yokasta, Yann, Yolande, Marie, Monika, Claudia. Courage !

Tous les inconnus qui m'ont écrit sur Facebook, sur Twitter et sur le site, avec sympathie, avec gentillesse, pour me soutenir et m'encourager.

Mes parents, qui ont été d'un soutien sans faille et que j'aime plus que tout.

Je veux remercier du fond de mon cœur Aurélie, mon infatigable amie, qui a mis sa vie entre parenthèses pour me porter secours. Sans elle, je n'aurais jamais tenu le coup.

Je veux remercier Philippe, sans qui rien n'aurait été possible, et enfin et surtout, Tara et Laura, mes piliers, mes amours.

Table des matières

Crédits photographiques

Cahier-photos : collection personnelle de l'auteur.

Composition : Compo Méca Publishing
64990 Mouguerre

Impression réalisée par
Corlet Imprimeur
14110 Condé-sur-Noireau
pour le compte des Éditions Michel Lafon

IMPRIM'VERT® PEFC 10-31-1510

Imprimé en France
Dépôt légal : juin 2015
N° d'impression : 174160
ISBN : 978-2-7499-7031-2
LAF 2080